死神の矢

横溝正史

角川文庫
23051

目次

死神の矢

第一章　奇抜な婿選び

金田一耕助のような職業に従事していれば、常人の思いもおよばぬ奇抜な経験や、風変わりな体験をもっているだろうことはいうまでもないことだが、それでもなおかつ、その夜、片瀬の海岸で聞いた話には、かれも眼をみはらずにはいられなかった。

「なるほど、すると、さしずめ新ユリシーズというわけですね」

古館博士の、そのとっぴな婿選びの話を聞いたとき、金田一耕助は眼をまるくしながらも、内心ひやりとするようなものを感じずにはいられなかった。

古館博士は考古学者で、しかも弓の蒐集家としても有名である。古今東西のめずらしい弓を蒐集して悦にいっている。片瀬にあるこの博士の邸宅の一室は、珍奇な弓と矢の蒐集品でいっぱいである。

こういう学者のつねとして、古館博士も奇行にとんだ人物として有名だが、それにしてもこの婿選びは少し薬がききすぎはしないかと、金田一耕助も危懼の念をいだかずにはいられなかった。

「いや、ユリシーズの婿選びは、これと少し違いましょう」

と、そばから学者らしい落ち着いた口調で訂正したのは、博士の弟子の加納三郎である。

「ええ……と」

　と、金田一耕助は首をかしげて、もじゃもじゃ頭をかきまわしながら、

「ユリシーズの場合はどうでしたかねえ。婿選びに、やはり弓が関連していたように記憶してるんですが……」

「いや、あれはこうだよ、金田一君」

　と、古館博士はマドロスパイプをくわえたまま、人を食ったような、にやにや笑いを口もとに浮かべて、

「トロイ遠征に加わった英雄ユリシーズは、トロイ陥落後帰途につくが、その帰途の艱難辛苦たるやたいへんなんだね。一眼の巨人のために洞窟へ幽閉されたり、魔海で船の針路をあやまったり、魔女の誘惑をのがれるために、耳の穴へ蠟をつめたりね。とにかく故郷へ帰りつくまでに二十年の歳月をついやす。それゃあ金田一君も知ってるだろう？」

「はあはあ、そうおっしゃられて思い出しました。その留守中にユリシーズの奥さんに、たくさんの求婚者があらわれるんでしたね」

「そうそう。なにしろ二十年もたってるもんだから、ユリシーズの故国では死んだものと思いこみ、美貌のペネローペ夫人にむかって、たくさんの求婚者がやいのやいのとおしかける。ところがその求婚者先生たちにたいして、ペネローペがひとつの条件を持ち

出すんだ。すなわち、かつてわがつまさまのユリシーズがお引きになった強弓がある。みごとそれを引くものあらば、わらわの身をまかせようというわけだ。だけど、なにせ希代の強弓だから、そんじょそこらのヘナチョコ野郎に引ける道理がない。そこへ英雄ユリシーズが乞食みたいな格好で帰ってくる。ところで、ここで博識をひけらかすと、足利時代にできたお伽草紙の百合若大臣というのは、このユリシーズの翻案でね」

「ああ、百合若伝説というのはユリシーズの翻案なんですか」

「どうもそのようだな。足利時代にはもう相当、ヨーロッパとの文化の交流が行なわれていたんだね。百合若伝説にはいろいろユリシーズの物語と一致するところがあるようだ。だが、まあ、それはそれとして、百合若伝説によると、全身苔がはえたみたいな垢まみれの、こけ丸という名前で郷里へ帰ってくるんだあね。だから、だれもそれが百合若大臣、すなわちユリシーズとは気がつかない。そこで、そのこけ丸のユリシーズがもののみごとに強弓を引くことによって、われこそは英雄ユリシーズなるぞてぇことを誇示すると同時に、ふとどきしごくなヘナチョコ野郎どもをかたっぱしから矢で射殺し、めでたくペネローペの君の腕に抱かれるというのが大団円だ。なあ、早苗、そうだったねえ」

「さあ、そのことなら加納さんに聞いてごらんなさいまし」

　早苗は客間のすみにあるピアノにむかって、向こうむきに座っている。ゆるやかに仕立てたナイトドレスのうしろ姿の曲線が、美しいことは美しかったが、どこかものうげにも見える。父からことばをかけられても、意味なくピアノのキイをたたきながら、気のない返事である。

「加納、どうだい。いまおれの話したとおりだろ？」

「はあ、たしかそうでした」

加納は眼鏡の奥で、小羊のようにやさしい眼をショボショボさせながら、おだやかに微笑をふくんでいる。年齢はまだ三十前だろうが、学者らしく落ち着きはらったものごしが、老成人を思わせる。

「ところが、おれのはそうじゃないだろう、金田一先生」

と、古館博士は腕白小僧のように、大きな眼玉をくりくりさせながら、

「おれの婿選びというのは、いまも加納が話したとおり、三人の求婚者先生に弓勢くらべをさせてみて、みごとハートのクイーンを射とめたやつがあったら、そいつに早苗をくれてやろうてぇんだ。ユリシーズの話たぁ、ちったぁ違わぁね。わっはっは！」

「もっとも、早苗さんが娘ひとりに婿八人という美人でいらっしゃるってことは、ユリシーズの場合とおんなじですがね。ふっふっふ」

「この野郎！」

と、古館博士が拳をかためて、ドスンとテーブルをたたいたので、卓上にあったグラスがゆらゆらゆれて、ウイスキーが少しこぼれた。

「てめえ、近ごろ研究のほうがおろそかになったと思ったら、いやにお世辞がうまくな

りゃあがったな。お世辞で勉強ができると思ったら大まちがいだぞ。わっはっは」

古館博士はアームチェヤーにふんぞりかえって、なにがおかしいのか大口をあけて哄笑している。

博士はずいぶん体の大きなひとである。身長は五尺八寸を超え、体重は二十貫に迫るだろう。学生時代ラグビーの選手だったというその体は、いまもかたく引きしまって、頑健そのもののようである。半分白くなった硬そうな頭髪をきちんと左で分け、いつも身だしなみがよかったが、それでいて全身に野性があふれている。

金田一耕助はこの健康な野性に魅力を感じるのである。かれはこの野性味の横溢した碩学の、諧謔にとんだ風格に、いつも興味をおぼえるのだが、それにしてもいまの話は、なんぼなんでもいきすぎではないかと思わずにはいられない。

「早苗さん、先生のいまのお話はほんとうなんですか」

「ええ、そういうことになってるんですの」

早苗は美しい横顔を斜めうしろから見せたまま、あいかわらず無意味にピアノのキイをたたいている。感情の捕捉できないような冷淡な調子で、まるでひとごとのようである。

「早苗さんもそれを御承知なんですか」

「だって、金田一先生」

と、早苗はお尻ごと体をくるりとこちらへまわすと、

「先生もパパの気性はよく御存じでしょう。パパったら、いい出したらあとへひかないひとなんですもの」

それだけいうと、お尻ごとまた体を向こうへまわして、ポンポン、ピアノをたたいている。こっちをむいたとたん、一瞬きらりと瞳がかがやいたが、それも心の内面をのぞかせるものではなかった。

「そうさ、おれゃ専制君主、絶対的独裁者、断じて他の容喙をゆるさざる古館一家のボスだからな。わっはっは！」

古館博士は悪戯小僧のように、大きな眼玉をくりくりさせながら、腹をゆすって哄笑すると、ウイスキーのグラスをペロリとひとくちにたいらげた。

早苗は母のない娘である。

早苗の母の操夫人は、早苗が七つのときに死亡した。しかも、それがふつうの死にかたではなく、不幸な交通事故のために突如この世を去っただけに、古館博士の受けたショックは大きかった。

しかも、この夫人を愛すること、あまりにも深かった博士は、それ以来、二度と妻をめとろうとはしなかった。若き日の操夫人の面影は、いまもなお額にはまって書斎の壁間にかかげてあり、研究にいそしむ夫の姿をやさしく見守っている。

そして、早苗の養育は夫人の死後雇いいれられた、佐伯達子という婦人にいっさいまかせて、自分はありあまる精力を、学問だけにつぎこんできたのである。

このこと、すなわちひと一倍強壮な精力を、長年にわたって抑圧してきたこと、このきびしい禁欲生活が、博士の言行をとかく奇矯なものにしているということは、まずまちがいのない事実のようだ。

しかし、さいわい佐伯達子というのが教養のあるりっぱな婦人だったので、早苗は美しい聡明な女性として成長し、目下自分自身の希望でバレリーナとしての修業にいそしんでいる。

早苗は父からは健康な肉体を、母からは多くの男をひきつける美貌をゆずられており、佐伯達子によってそれにみがきがかけられてきたのである。

金田一耕助はあるむつかしい事件で博士と接触をもち、事件の解決に協力して以来、この碩学の知遇を得て、古館家のもっとも親しい客のひとりとして遇せられているのである。

「しかし、ママさんはどういうんですか。あのむつかし屋のママさんが、先生のそんな気まぐれを許しておくんですか」

金田一耕助は博士のことばを冗談ととってよいのか、それとも真剣なのだろうかと、判断に苦しみながらも、そう突っこんで尋ねずにはいられなかった。

ママさんというのは佐伯達子のことである。

「ああ、金田一君は知らなかったんだね。あの婆あときたらね、金田一君、アミに死なれて以来、昔日の元気さらになしだ。メソメソと涙ばっかりふいてやぁがって、すっかり抹香くさくなりゃあがった」

「アミって……？」

　金田一耕助がかたわらの加納をふりかえると、加納は眼鏡の奥で、おだやかな眼をしばたたきながら、

「いえね、金田一先生、早苗さんのバレー友達で三田村文代さんというひとがいたんです。この家へもよく遊びにきていたんですが、先生はお会いになったことがありませんか」

「さあ、バレーのひとには一度も会ったことはありませんが、そのひとが……？」

「はあ、その文代さんというひとが孤児なんですね。親もなければ兄弟もない、それこそ天涯のみなし子なんです。ところが、先生も御承知のとおり、ママさんというひとが、これまたこの世に肉親というものをひとりも持たないひとでしょう。だから同気相求むるというのか、ママさんはとてもその文代さんというひとを愛してたんですね。ところが、こないだその文代さんというひとがポッカリ亡くなっちゃったんです」

「亡くなったって？」

「睡眠剤の量をあやまったんですね。とてもきれいなひとでしたが、以前からいささか神経質なところのあるひとでしてね。ちょくちょく睡眠剤を用いたりなんかしてたそうですが、それをうっかりあやまって飲みすぎたんですね」

「自殺じゃないんですね」

　と、金田一耕助が念をおした。

「自殺じゃないでしょう。それは松野先生……バレーの松野田鶴子（たずこ）先生ですね。文代さんは松野先生の内弟子だったんですが、その先生や友達やなんかの一致した意見なんです。べつに自殺しなければならぬような事情は少しもなかったし、それに以前からみると、とても朗らかになって幸福そうだったと、これはここにいる早苗さんなんかも認めているんです。それに遺書もございませんでしたしね」

「ほんとにあのときはショックでした」

　と、早苗も声をくもらせて、

「あの前日まであんなに朗らかで元気だったひとが……」

「早苗さんとはとても仲よしだったんですよ。文代さんのほうが先輩でしたけれど、年齢はふたつきゃ違わなかったんです。ほんとに意外な出来事で、松野先生なんかもだいぶん力を落とされたということです」

　加納の静かな話しぶりのうちに、早苗がゆるやかな曲を奏しはじめる。ちょっとのま、四人のあいだに話がとぎれ、味のこまやかな沈黙のひとときが流れたが、古館博士がそれを破って、

「つまりそういうわけでなあ、金田一先生、さすが駻馬（かんば）のごとき……でもなかったが、あのしっかりもんの婆（ばあ）さんが、すっかり意気消沈しちゃってねえ。近ごろはなにかというと仏壇の前に座って、鉦（かね）をたたいてやぁがる。仏壇に文代という娘の写真が飾ってあ

るんだぁね。わっはっは、うわさをすれば影とやらで、ほら、はじまった」

なるほど早苗の弾ずるピアノの音にまじって、遠くのほうから陰気な鉦の音が、まるで軒をつたう雨垂れのように、ポツン、ポツンと間をおいて聞こえてくる。

一同は思わずそれに耳をすませた。

しいんと更けわたった片瀬の海岸の夜の静けさのなかに、ピアノの音と鉦の音と、それからゆるやかに寄せてはかえす波の音の、不思議なシンフォニーを聞いたとき、金田一耕助はなにかしら、ゾーッと身うちがすくむような、うすら寒さをおぼえずにはいられなかった。昼間ならば、片瀬の海岸と江の島を一望のもとに見わたせるフランス窓の外には、早春の星がいっぱいまたたいている。

突然、ストーブのなかで、がさりと大きな音をたてて石炭が燃えくずれた。

金田一耕助はその音にギョッとしたようにあたりを見まわしたが、そのとたん、古館博士の瞳のなかに、一種異様なかぎろいのただようているのを見のがさなかった。

博士は金田一耕助と視線が合うと、すぐそれを他へそらせて、

「あの婆さんもかわいそうなもんだ」

と、ため息をつくようにつぶやいた。

「かわいそうなとおっしゃると……？」

「なあに、早苗が近々結婚するとなると、あの婆さんもお払い箱だぁね。だから文代という娘と共同生活をしようって約束ができてたそうだ。その相手に死なれたもんだから、

力を落とすのも無理はねえやな」

と、博士はまたそこでペロリとひと息にグラスをあおった。

「パパ！」

突然、早苗がはじかれたようにこちらをふりかえった。

「あたしが結婚するとママさんをお払い箱になさるおつもり？」

「いや、おれはそんな薄情なこたぁいった覚えはねえが、婆さんのほうじゃ出ていくつもりだったんじゃないかな。おまえの婿君があの婆さんをひきとろうたぁいいそうにねえからな」

「いやよ、いやよ、いやよ。あたしそんなのならいつまでも結婚しないでいるわ。ママさんがここを出ていって、パパがひとりぽっちになるなんて、そんなのいや、絶対にいやよ！」

突然早苗の眼から涙がはふり落ちた。顔をおおうた両手の指のあいだから、縷々としてし涙がしたたり落ちる。

「早苗！」

と、古館博士はちょっと咽喉をつまらせて、

「おまえがそんなにいってくれるのはありがたいがね。それが人間の宿命なんだよ。若いもんが年寄りをとびこえていく。そこにこそ人類の発展があるんだ」

「でも、でも、それじゃあんまりパパが孤独で……さびしくて……」

「ありがとう、早苗。おまえが心配してくれる気持ちはよくわかる。しかし、おまえも知ってのとおり、パパは孤独に慣れてるんだよ。おまえのお母さんが亡くなって以来、パパは孤独と対決してきたんだ。孤独ときびしく向かいあってきたんだ。孤独に負かされるような心配は絶対にないつもりだ」

「パパは……パパは……」

と、早苗は依然としてしゃくりあげながら、

「ママさんと結婚すべきだったのよ。ママさんはあんなにいいひとだし、それにママさんはパパを……パパを……」

「早苗！」

と、古館博士はきびしい声でたしなめると、咽喉の奥でひっかかったような笑い声をあげた。

「これゃあまた奇抜なことをいいだしたな。しかし、早苗、ママさんの人格を傷つけるようなことをいっちゃいけないよ。あのひとはおまえにだけ献身的だったんだからな。さあ、もう泣くのはおやめ。なあに、おまえだって結婚してしまえば、おいおいパパのことなんか気にならなくなるさ。なあ、金田一さん、そうだろう？」

博士はまたペロリとウイスキーをたいらげた。昔から酒豪でとおっているひとだが、近ごろまた酒量があがったようだ。

「それで、三人の求婚者というのは、いったいどういうひとですか」

「あっはっは、それが三人ともお金持ちの御令息でね。みんな男っぷりはいいし、腕はあるし、スポーツマンだしね。それにだいいち、ここにいる加納みたいな朴念仁と違って、バレーの理解者ときているから、だれにおちたところで早苗は幸福というもんさぁね。なあ、早苗」

早苗は無言でまだ泣きじゃくっている。彼女のこの突然の感情の激発は、父にたいする深い愛情からきていることはもちろんだが、ひとつには博士のこの奇抜な婿選びにあるのではないか。

「それで競技はいつ行なわれるんですか」

「あした開催するつもりだぁね。だから金田一先生、おまえさんをこうして引きとめているんじゃないか。後学のためにきみもひとつ、世にも奇抜なこの婿選びを見ていきたまえ」

「それで三人の求婚者諸君も、この競技のことを知ってるんですか」

「もちろん、三君ともせいぜい弓の道場へ通って、大いに腕をみがいてるそうだ。さいわいあしたは天気もよさそうだし、この調子だと海も静かだろうから、これゃ大いに見物だぜ。わっはっは」

「海……？」

と、金田一耕助が聞きとがめると、

「先生は海でこの競技をやろうとおっしゃるんですよ」

と、そばから加納三郎がおだやかに注釈を加えた。その調子はあいかわらず冷静で、淡々としているけれど、よくよく注意していると、かれも多分にこの企てに、危懼の念をいだいているらしいことがわかるのである。

「波間に扇の的ならぬ、ハートのクイーンの的を浮かべて、こちらのヨットから射させるんだよ。そして、みんごとハートのクイーンを射とめた那須の与市先生が、この早苗を獲得するということになるんだ。なにしろねえ、金田一君」

さっきから、幾杯かのグラスをかさねていた古館博士は、とろんとした瞳を金田一耕助のほうへすえて、

「じつはおれ、もうめんどうくさくなったんだよ。三人とも去年の秋から半年がかりで、やいのやいのの求婚だろう。しかも、早苗にゃあ決断がつかねえんだ。いずれがアヤメカキツバタだからね。万事パパに一任するとおいでなすった。そこでこういうすてきな選択法を思いついたというわけさ。うわっはっは!」

「先生、またそんなに御酒を召しあがって……」

静かに、たしなめるような声がドアのほうから聞こえたので、一同は思わずそのほうをふりかえった。

早苗は顔をそむけて急いで涙をふき、古館博士は悪戯を見つかった腕白小僧のように首をすくめた。

いつの間にやら鉦の音がやんでいたと思ったら、ドアの外に佐伯達子がきて立ってい

た。

金田一耕助は半年ぶりに達子の姿を見るのだが、ひと目その顔を見たとたん、思わず自分の眼を疑わずにはいられなかった。

かつての血色のよい、そして愛想のよかった佐伯達子の面影はどこへいったのか。物思わしげなその顔は深い憂いの色に沈んで、喪服のようにまっ黒な衣装に包んだその痩身といい、また、沈んだ口のききかたといい、なにかしら暗い影をうしろへひいているような感じだった。

なにかある！

この奇抜な婿選びといい、佐伯達子のこのいちじるしい変貌といい、そこにはなにか、よほど深刻な事情が伏在していると思わなければならぬ。

金田一耕助はなにかしら、背筋をつらぬいて走る冷たい戦慄を、おさえることができなかったのである。

第二章　三人の求婚者

「ママさん、どうしたの。いやに元気がないじゃないか」

昨夜、波の音が耳についたのと、不思議な古館博士の婿選びの謎に頭をなやましたのとで、金田一耕助はおそくまで寝つかれなかった。だから、きょうは十時すぎまで寝すごして、食堂へ出ると、達子がひとりテーブルに頰杖をついていた。

「おや、いまお眼覚めでございますか。昨夜は失礼申し上げました」

あいかわらず喪服のような黒いスーツが陰気だが、昨夜、電気の光で見たときよりは血色もよく、表情も昔ほどではないとしても、思ったよりもいきいきしていた。

瘦身ながらもすらりと背の高い、姿勢のよい婦人で、美人とはいいにくいけれど、白髪まじりの髪をいつもきちんとひっつめにして、柔和で、聡明そうなおもだちが、だれにでも信頼感を与えるのである。

「いや、どうもすっかり寝坊しちゃって……波の音が耳についたもんだからね」

「いえ、どなたでも慣れないうちはそうでございますのよ。さっそくお食事の支度をさせますから、少々お待ちくださいまし」

この家はなにからなにまで洋式にできていて、日本座敷はひとつもない。

達子が台所から帰ってくるのを待って、

「いやにしいんとしてるじゃないか。みなさん、どうしたの？」

「先生はお書斎でしょう。きょうの競技の支度をしておこうとおっしゃって。……お嬢さまと加納さんは散歩かたがた、みなさんをお迎えにいらっしゃいました」

「ママさんはきょうの競技をどう思ってるの？」

「先生は、いいだしたらあとへは引かぬかたですから。……」

ママは金田一耕助の視線から顔をそらした。

そこへ女中のお君が食事を運んでくる。オートミールとハムエッグ、それに牛乳の朝食である。

金田一耕助はオートミールを口のなかへすくいこみながら、

「それにしても早苗さんはどう思ってるだろう。この婿選びを。……」

「さあ。……お嬢さんはたかをくくっていらっしゃるんじゃないでしょうか」

「たかをくくるって？」

「どうせ当たりゃあしないって。ほっほっほ」

金田一耕助は突然ドカンと背中をひとつ、ぶっ食らわされたような気がして、スプーンを右手に持ったままポカンとしていた。

ああ、そうなのか。おれはなんという間抜けだろう。三人のだれかがハートのクイーンを射とめるものとばかりきめてしまって、ひどく深刻に考えていたけれど、波間に浮かぶ標的が、そうやすやすとねらえるものではない。

金田一耕助は思わず吹きだしそうになって、

「なあんだ。それじゃ早苗さんはその御連中に気があるんじゃないのか」

「ほっほっほ、お嬢さんのお気に召すようなかたかどうか、どうぞ御自分で御観察くださいまし」

「それじゃこれは先生のいたずらなんだね」

「もちろん、そうでございましょう。なにしろみなさまがあんまり御熱心でいらっしゃいますから、つい悪戯を思いつかれたのでございましょう。罪のない悪戯をしては喜んでいらっしゃるかたでございますから」

「それではきょうの競技で、だれもハートのクイーンを射とめるものがなかったら……？」

「そのときはお嬢さまのことをあきらめてほしいとおっしゃるんです」

金田一耕助はいよいよ肩の荷がおりたような気持ちになった。それと同時に自分の深刻ぶりがおかしくなった。それにこのママさんだって話していると、やはり昔と変わりはない。

「それで、きょうのお客さんはその三人だけなの？」

「いいえ。松野先生が三人を引率していらっしゃるんですの」

「ああ、バレーの。……それじゃ松野先生も三人さんを知ってらっしゃるんだね」

「はあ、しょっちゅう稽古場へいらっしゃるそうですから」

「三人とも金持ちの息子さんだというじゃあないか」

「はあ、金満家のお坊ちゃんでいらっしゃいます」

「なにをしてらっしゃる御連中なの」

「さあ、べつにこれといってお仕事は……ゴルフをなすったり、バレーの稽古場をのぞいたり、ヌード写真にお凝りになったり……」

「けっこうな御身分なんだね」

「はあ、そろいもそろって……」

達子はちょっと皮肉な薄ら笑いを口元に浮かべた。

「ときに、ママさん、いまの話で思いだしたんだが、ママさんは早苗さんが結婚すると、このうちを出るつもりなんだって?」

「まあ!」

と、達子は眼をみはって、

「どなたがそんなことおっしゃいまして?」

「いえね。ゆうべ先生におききしたんだが、ママさんは早苗さんのバレー友達の、三田村文代というひとと、共同生活をするつもりだったというじゃないの?」

「ああ、そのこと……」

と、いままで明るかった達子の顔色が、なにかの影がさしたように、急に暗くくもってこわばってきた。

「ええ、あの、それは、……そういう相談になっていたことはなっていたんですの」

「その文代さんというひとが、突然亡くなったんだってね。睡眠剤の飲みすぎかなんかで……」

「はい。……」

達子の瞳がみるみるうちに涙にうるんでくる。涙は大きな滴になって、彼女が顔を伏せたとき、ポタリと膝の上にしたたりおちた。

「ああ、ごめん、ごめん、悲しい話を思いださせて……」

「いいえ、あの、あたくしこそ。……文代さんてひと、それはそれはかわいかったもんですから。……」

「みなし子だったんだってね」

「はあ、戦災で両親も兄弟もみんな失ってしまったんですね。それを松野先生がひきとって、小さいときからお仕込みになったんですの。松野先生もとても将来を嘱望していらしたのにあんなことになって、……あのときはみんな大きなショックを受けたんですの」

「それにしても、ママさんがそのひとと共同生活をするというのはどういうの？　ママさんにとっていちばんかわいいひとは早苗さんじゃあなかったのかしら」

「それはそうですけれど、お嬢さまが結婚しておしまいになれば、あたくしは用のない体でございますから」

「早苗さんはそれを心配してるんだよ。ママさんがここを出てしまえば、いったいだれが先生のめんどうをみてあげるんだね。先生はあんなにママさんを信頼してこられたのに……」

「ええ、それも早苗さんというかたが、いらしてうえのことでございますから。……早苗さんが結婚なさることになれば……」

「ママさんに出ていけというの？　そんな不人情な先生じゃないと思うんだけどなあ」

「もちろん、そんなかたじゃございません。こちらの先生というかたは、とても愛情のこまやかなかたでございまして。……じつはあたくし先生から、財産を分けていただいたのでございますの」

「財産を……？」

と、金田一耕助は思わず眼をみはった。

「はあ、女ひとりで暮らしていくには、ありあまるほどの財産を分けてくださいました」

達子は深く頭をたれているので、顔色はよくわからなかったが、孤独の哀愁が切ないほど金田一耕助の胸に迫ってくる。

それは財産を分けてもらったというような喜ぶべき事実の告白とは、およそ正反対の悲愁と哀感に身をむしられるような感じであった。

「しかし、ママさん、それはいったいどういう意味なの？」

「はあ、あの……早苗も一人前に成人したし、近いうちに結婚もするだろうから、いままでのことは御苦労だったとおっしゃって……」

それがこのたしなみぶかい老婦人の耐えうる限界だったのか、達子は両手で顔をおおうと、さめざめと泣きだした。

なるほど、それでは態のいいお払い箱も同様ではないか。ママさんはおそらくこの家で死に水をとってもらうつもりでいたのだろうに。……

「ママさんはそれで文代さんというひとと、共同生活をするつもりでいたの」

「は、はい。……」

と、達子は二、三度強くうなずいた。

「だけど……」

と、金田一耕助はちょっとためらったのち、

「立ちいったことを聞くようだけど、きょうの婿選びが冗談だとすると、先生にはほかにだれか意中のひとがあるの？　早苗さんの旦那さまとして。……」

「さあ、それはあたくしからはなんとも……」

「加納君はどうなの？　ぼくは早苗さんはてっきり加納君と結婚するんだとばかり思ってたんだよ。だから、ゆうべ奇抜な婿選びの話を聞いたとき、びっくりしたんだが……まあ、そのほうは冗談だと聞いて安心したが、加納君はいったいどうなのかしら」

「ええ、でも、あのかた、とても気位の高いかたでいらっしゃいますから」

「それ、どういう意味？　気位の高いの大いにけっこうじゃないか」

「はあ、でも、お嬢さまは大きな財産をお継ぎになるかたでございましょう。それに反して、あのかたは無一物のような御境遇ですから。……」

「なんだ、そんなことを考えてるのかい。あの若僧先生は、……あっはっは」

金田一耕助ははじめて胸がスカッとしたような、はればれとした気持ちになり、思わず声を立てて笑ったが、そのとき、表に自動車の着く音がした。

「あら、お着きになったようですわね」

ママはあわてて涙をふいて立ちあがる。

「ああ、そう、それじゃぼくが三人の婿殿をお迎えしてこよう。ママさんは顔を洗ってくるといいよ」

「はい、あの、金田一先生」

「なあに」

「いまのこと、どなたにもおっしゃらないで……」

「ああ、それゃだれにもいやぁしない」

金田一耕助が客間へやってくると、いましも早苗と加納の案内で、五人の男女がなだれこんでくるところであった。

松野田鶴子はすぐわかった。

写真で見ると若く見えるが、面と向かうとさすがに眼のふちの小皺がかくしきれない。四十を超えているはずだから、それも無理のないところだが、しかし、さすがに長年バレーできたえてきた体だけに、均整のとれた肢体はみごとである。

ほかの若いふたりはおそらく田鶴子の弟子だろう。

「ああ、金田一先生、御紹介申し上げましょう。こちらが松野先生。松野先生、こちらがいまお話し申し上げた金田一先生」

松野田鶴子はさすがにジロジロ見るような失礼なまねはしなかったが、それでも金田一耕助のもじゃもじゃ頭と、よれよれの羽織袴といういでたちを見ると、ちょっと眼をそばだてた。

しかし、すぐにっこりとあでやかな微笑を浮かべると、

「はじめまして。おうわさはかねがねうけたまわっておりました。こちらの先生と御懇意でいらっしゃるということは、さっき自動車のなかではじめて早苗さんに聞かせていただいて、お眼にかかれるのを楽しみにしておりましたのよ」

さすがに洗練された挨拶に、

「やあ、いや、どうも。こちらこそ」

と、金田一耕助はもじゃもじゃ頭をかきまわしながらへどもどしている。

早苗は委細かまわず、

「金田一先生、それからこちらが高見沢康雄さま、銀座の高見沢写真機店の御令息でいらっしゃいます。それからこちらが神部大助さま、神部産業のお坊ちゃま」

高見沢康雄というのは、いかにもその名のとおりのっぽの傲慢そうな青年である。金田一耕助の挨拶にたいしても、ジロリと侮蔑的な一瞥をかえしただけで、すぐ同伴した女の子のほうをふりかえった。

それに反して神部大助というのは、これまた名前のとおり、大々としたデブちゃんで、満月のような顔をしじゅうほころばせているところが愛嬌である。

金田一耕助の挨拶にたいしても、ペコリと愛想のいいお辞儀を返した。

「それから、こちらが相良恵子さんに河合滝子さま。あたしのバレー友達よ」

恵子も滝子もそれほど美人というのではないが、さすがにバレリーナの卵だけあって、均整のとれた肢体に、洗練されたゼスチュアを身につけている。

早苗の紹介がおわると、金田一耕助はあたりを見まわしながら、

「早苗さん、もうおひとかたいらっしゃるんじゃなかった?」

と、尋ねた。

「ええ、伊沢透さん? あのかたは東京から自動車をとばしてきたら、少し頭痛がするとおっしゃって、海岸のほうへいらしたの。でも、すぐいらっしゃるでしょ。金田一先生、パパは……?」

「先生は書斎で、きょうの競技のお支度だそうです」

「早苗さん、なにか飲ませてえ。あたし咽喉がかわいてたまらないわ」

東京から自動車をとばせてきたというだけあって、御婦人連中はいずれも上気した顔をしている。相良恵子が甘えるようにねだった。

「あら、ごめんなさい。ママさんはなにをしているのかしら」

早苗は急いで客間から出ていった。

「自動車はくたびれるわねえ。それにほら、おつむが埃だらけよ」

「それに、高見沢さんの運転でしょ。あたし寿命が三年がとこちぢまったわ」

「ちぇっ、あんなこといってらあ。それじゃ透の自動車にすれゃあよかったんだ。あいつなら女の腐ったみたいな運転だから、交通安全週間向きだ」

高見沢康雄がせせら笑った。

「それにしても伊沢君、どうしたかかな。あんまり運転に神経をつかったんでまいったんだろうな」

神部大助もにやにやしている。

「ほっほっほ。心細いわねえ。それでヨットから的がねらえるかしら」

河合滝子があざ笑うようにいった。

「きゃっ、高見沢さんの意地悪！」

高見沢康雄がなにか悪戯をしたのだろう。恵子が椅子からとびあがった。

女三人よればかしましいというが、そこへ道楽息子がふたり加わっているのだから、そのにぎやかなことといったらない。

金田一耕助は部屋の一隅に腰をおろして、ママさんに御自分の眼でよく観察してごらんなさいといわれたこのふたりの青年の、一挙一動を見守っている。

それからその眼をべつの一隅にいる加納のほうへ移したが、ばったり加納と視線が合って、かれの眼が眼鏡の奥で、にこにことおだやかに微笑しているのを見て、なんとなく、安堵の胸をなでおろした。加納もこれらの青年をてんで眼中においていないらしい。

そこへ古館博士が三本の矢を持って入ってきた。

「やあ、繰りこんできたな。銀鞍白馬の若殿ばらが……」

と、例によって腕白小僧のように眼玉をくりくりさせている。

「先生」

と、松野女史がゼスチュアたっぷりに立ちあがると、

「三国一の婿君さまを、三人まで御案内してまいりましたよ。どうぞ選りどり見どりにお願いいたします」

「選りどり見どりはひどいな、マダム」

と、高見沢が仏頂面をする。

「あら、ごめんなさい。ひと山いくらみたいなことを申し上げて。……ほっほっほ」

松野女史の痛烈な皮肉に、恵子と滝子がくすくす笑った。

高見沢の頰はかっと紅潮したが、神部大助はあいかわらずにやにやしている。

松野女史は博士の手にしている三本の矢に眼をとめると、

「あら、まあ、先生、きれいに矢が彩色されておりますのね。それ、どういう意味なんですの」

なるほど、古館博士がテーブルの上に並べておいた三本の矢は、それぞれ矢尻から矢羽根まで、赤、白、青と、きれいに塗りあげられているのである。

「あっはっは、これかね、マダム、これは矢がまぎれるといけないから、こうして塗りわけておいたんだ。高見沢、神部、伊沢の三君に、どれでも好きなのを選んでもらおうと思ってな」

と、そこで博士はあたりを見まわし、

「おや、伊沢の透君はどうしたの？」

と、加納に尋ねているところへ、あたふたと伊沢透がかけつけてきた。

「いや、おそくなりまして」

と、額ににじむ汗をぬぐいながら、あたりをうかがう透の顔色は、自動車の運転に神経をすりへらしたせいか、ひどく蒼ざめて元気がなかった。

伊沢透というのもその名のとおり、すきとおるように色の白い、小柄で、華奢な、いやににやけた男である。

第三章　命　中

片瀬と江の島のあいだの海は、いま鏡のように凪いでいる。

春はまだ浅いが温室のようにあたたかい午後の陽差しが、ほんのりと江の島をくるんで、海面をあたたかく染めている。

その海面に浮かんだヨットに、にぎやかな男女の一団がのっている。

古館博士と娘の早苗、それから早苗の三人の求婚者。ほかに松野田鶴子と恵子と滝子の三人が、野次馬気分で検分役だった。

「さあ、高見沢与市さん、扇の的ならぬハートのクイーンを、みごと射とめてみせてちょうだい」

松野田鶴子はからかい顔だ。

「だめよ、先生ったら高見沢さんばかりごヒイキなすって」

と、相良恵子が口をとんがらかして、

「大ちゃん、高見沢さんが与市なら、あんたはウィリアム・テルよ。林檎（りんご）ならぬあの標的をみごと射とめてみせて」

「あら、恵子ちゃんが大ちゃんを応援するなら、あたしダンゼン透ちゃんの味方よ。透ちゃん、あんたはロビン・フッドよ。与市やテルに負けちゃだめよ。だけど、大丈夫？なんだか心細いわねえ」

河合滝子がわざと大げさにため息をつく。

実際滝子が心細がるのも無理はない。どういうものか透は全然意気があがらない。自動車の運転がそんなに神経にこたえたのか、意気があがらないというよりも、なにかにおびえているようにさえ見える。

「わっはっは、那須の与市にウィリアム・テル、それにロビン・フッドか。なるほどすばらしいチャンピオンがそろったな。それじゃ、そろそろ支度だ、支度だ」

と、古館博士はうかれている。

ヨットから五十メートルほど向こうに、的を描いた浮標（ブイ）が浮いている。その的の中心にトランプのハートのクイーンがはりつけてあり、みごとそのクイーンを射とめたものが、早苗を獲得するのである。

的の近くには加納と金田一耕助がボートに乗って待機している。ふたりともそれぞれ西洋中世紀に用いられた金属製の楯をかまえている。うっかり競技者のねらいがはずれて、そっちへとんだらたいへんだからだ。

「さあ、支度ができたらいちばんはだれだっけ。ああ、透君か。それから神部、高見沢君の順だったね。早苗、よく見ておいで。おまえのお婿さまが決まるか決まらぬかのだいじな瀬戸ぎわだからな。うわっはっは！」

早苗はさすがに色蒼ざめて、さっきからことばかずも少なかった。

早苗にとってこの父は、まるで駄々っ子のようなものである。

父の寛大な愛情にくるまれながら、しかも彼女は娘らしい媚態やことばで、この父に甘ったれたことはほとんどなかった。その反対に彼女はいつも父の姉か母親みたいな愛情で、この気の毒な父をいたわってきた。

彼女にとってこの父は、まるで腫れ物のような存在である。父の孤独に同情しながらも、その奇矯な言動に、いつもハラハラし、それゆえにまた、いっそうこの父が気の毒になるのだった。

三人の候補者の支度ができあがると、さすがに女たちのおしゃべりもやんで、ヨットのなかはシーンと無気味にしずまりかえった。めいめい弓と矢をたずさえた三人の求婚者のうち、透は依然として意気があがらず、大助はにやにや笑っており、高見沢康雄がいちばんふてぶてしかった。

古館博士がふなべりへ出て、

「そちらはいいかあ。いよいよ射的がはじまるぞお！」

と、蛮声をはりあげた。

「オー・ケー」

と、向こうのボートから加納が右手をふる。加納の眼鏡がきらきら光って、金田一耕助のもじゃもじゃ頭の髪の毛が、風にふかれて逆立(さかだ)っている。

「それじゃ、伊沢君」

「はっ！」

と、博士にかわってふなべりへ出た伊沢透は、さすがに闘志をかきたてたのか、弓に矢をつがえて、きりりと引きしぼった姿勢はあっぱれだった。

「あら、感心ね。格好だけはついてるじゃないの」

透の味方であるはずの河合滝子がまぜかえす。

「しっ！」

透の頬には血の気がのぼった。

透の矢は白である。矢尻(やじり)から矢羽根まで真っ白に染められた白羽箭(しらはや)。その白羽箭を弓につがえて、一呼吸、二呼吸、間をはかっていた透が、やがてさっと切ってはなてば、矢は白線を描いて波上をとんだ。

と、さすが修業のかいあってか、みごとプッツリと海面の浮標につっ立った。

「わっ、すてき！」

「あたし、向こうまでとどくかしらと思ったのに……」

と、口々にほめそやす相良恵子と河合滝子の喝采にたいして、まるで冷たい水でも浴びせるように、

「でも、ハートのクイーンからは、だいぶんはずれているわねえ」

と、松野田鶴子が双眼鏡をのぞきながら、冷酷な断定をくだした。

早苗も双眼鏡を眼にあてたまま、ほっとしたような顔色である。

「うわっはっは、透君、お気の毒ながらきみは失格だ。さっ、お次！」

透はまだ未練たらしく向こうを見ている。その背後から、

「おい、どけよ、邪魔っけだ。落第坊主」

と、邪険に背中をついたのは高見沢康雄である。小柄な透は危うくふなべりからのめりそうになって、

「何をする！」

と、うしろをふりかえったその顔色には、紫色の怒りの炎が燃えあがっていた。

「おい、高見沢！」

と、透は弓をその場にたたきつけた。

「何を！　やる気か！」

と、高見沢が身がまえをしようとするあいだへ、割って入ったのは古館博士だ。

「およし、およし、喧嘩はおよし。日が暮れるよ。さあ、デブ、こんどはてめえのばんだ。ひとつハートのクイーンに命中させてみろ」

デブの大助はどこか神経のネジがゆるんでいるらしい。こんな場合でも満月のような顔をにこにことほころばせている。それでいて弓に矢をつがえる手もとが、ブルブルふるえているのだからだらしがない。

「大ちゃん、大丈夫？　的をねらうのよ。海の中のお魚をねらったってしかたがないのよ。わかって？」

「やかましいやい！」

やがてきりりと満月のように弓弦をひきしぼると、さすがに大助の手もともぴったり止まった。かれの矢は青である。

大助は片眼をすがめて、浮きつ沈みつする的に、きっとねらいをさだめていたが、やがて呼吸が合ったのか、ひょうとばかりに切ってはなす。

「わっ！　うまい！」

相良恵子が手をたたいたとたん、大助のはなった矢は、プッツリ的につっ立って、青い矢羽根をふるわせていた。

「でも、やっぱりハートのクイーンからはなれてるわね。透ちゃんのよりはだいぶん近くなってるようだけど。……」

またしても、松野田鶴子の冷酷な批判である。

「あっはっは、大ちゃん、御愁傷さまだったね。だけど失格したんだからしかたがないやね。早苗をあきらめてもらうんだね。さ、お次！」

大助も未練たらしく向こうを見ながら、しまったというふうに頭をかいている。

高見沢が強引にそれをおしのけてふなべりへ出た。

「高見沢さん、しっかり！　早苗さんが眼の前にぶらさがってるのよ。しくじっちゃあだめよ」

松野田鶴子が声援をおくった。

高見沢はジロリと早苗に一瞥をくれると、落ち着きはらって弓に矢をつがえた。

早苗はさっきから、全身が虚脱していくようなけだるさをおぼえていた。

透にしろ、大助にしろ、とても的まで矢はとどくまい。たとえ遠くへ飛ぶにしろ、的を射るようなことはあるまいと、たかをくくっていたのに、ふたりともみごとに的を射とめたではないか。たとえハートのクイーンからはずれているにしても。……

早苗はふと高見沢の姿勢に眼をやって、腹の底がかたくなるような不安をおぼえた。

高見沢のかまえは自信と誇りにみちている。赤い矢を弓につがえて、満月のごとくひきしぼったそのかまえには、傲岸な風格さえそなえている。

（ああ、もうよして！）

と、早苗が心のなかで叫んだとき、高見沢は呼吸をはかって、ひょうとばかりに矢を切ってはなした。

赤い矢はとんでいく。

その弓勢はとても前のふたりと比べものにならなかった。きらきらと春の陽ざしをはねかえしながら、赤い矢は風をきってとんでいく。そして、ああ、なんと、みごと的の中心にはりつけられた、ハートのクイーンにはっしとばかりつっ立ったではないか。

「あっ！」

一同の唇（くちびる）から思わず叫び声がほとばしった。それは感嘆とも、悔恨とも、同情ともつかぬ叫び声である。そして、それきりヨットのなかはシーンとしずまりかえった。

松野田鶴子は双眼鏡を眼におしあてたまま、はげしく下唇をかんでいる。

早苗は蠟（ろう）のように蒼ざめて、いまにも倒れそうな体を、ヨットの、帆柱でささえている。

古館博士はいまにも飛びだしそうな眼玉をして、ハートのクイーンにつっ立った、あのまがまがしい、赤い矢羽根を見つめている。

ああ、ひょうたんから駒（こま）が出たのだ。冗談が真実になって、ここに早苗の婿君はきまった。

高見沢は胸にぶらさげた双眼鏡を眼におしあてて、向こうの的を見つめていたが、やがて満足そうににやりと笑うと、博士のほうをふりかえった。

「先生、早苗さんはたしかにちょうだいしましたよ」

と、せせら笑うような調子である。

それにたいして古館博士は、ギロリと鋭い一瞥をくれただけだったが、大助はううんと豚のようなうめき声をあげ、透はハンケチを出してひらひらさせながら、ソワソワ汗をふいている。

さっきからかたく手を握りあったまま茫然として、あの運命の的を見つめていた恵子と滝子が、急にはげしく泣きだした。

「恵ちゃん、お滝さん、なにをそんなに泣くんだい。おめでとうといってくれないのかい。あっはっは」

ふてぶてしい高見沢の声が、悪魔のうそぶきのようにヨットのなかにひびきわたった。標的のそばに浮かんでいるボートのなかでも、一瞬、凍りついたような沈黙があった。あのまがまがしい赤い矢羽根が、プッツリとハートのクイーンに命中した刹那、金田一耕助は加納の顔面から、引き潮のように血の気がすうとひいていくのを見た。いや、加納のみならず、金田一耕助自身、全身が氷のように冷たくなるのをおぼえたのだ。

「そんな、そんな、そんな……」

この瞬間、さすが冷静な加納も落ち着きを失ったのか、しばらくわなわなと体をふるわせていたが、やにわにふなべりから身を乗りだして、標的から矢を抜きとろうとした。

「おい、こら！　なにをする！」

そのとたん、ヨットのほうからとんできたのは高見沢康雄の罵声である。

「卑怯なまねをしやぁがると承知しねえぞ」

加納ははっとして、のばした猿臂をひっこめると、がっくりと首をうなだれる。金田一耕助はそこにこの生まじめな男の、早苗によせる思慕のなみなみならぬことをさとった。

と、そのときだ。

さっきから江の島の影で、この奇妙な射的を見物していた一艘のモーターボートが、突然エンジンをならして浮標のそばへ近よってきたかと思うと、鳥打帽をまぶかにかぶり、緑色のマフラで顔をかくした男が、物珍しそうに標的の上を見ていたが、やにわに三本の矢を抜きとると、ふたたびエンジンの音もけたたましく逃げていく。

「あら! あのひと、どうしたの?」

河合滝子の叫び声に、ヨットの一同がはっとふりかえってみると、金田一耕助と加納をのせたボートが、なにか口々にわめきながら、モーターボートを追おうとしたが、すぐだめだとあきらめたのか、茫然としてうしろ姿を見送っている。

「うっふっふ!」

と、高見沢はせせら笑って、ジロリと博士をふりかえると、

「そんな悪あがきをしてもだめの皮さ。マダム、それからお恵ちゃんもお滝ちゃんも証人になってくれるだろうな。ぼくが確かにハートのクイーンを射とめたってことを……」

早苗はデッキにしゃがんで両手で顔をおおうている。

古館博士は茫然たる眼で、いましも島がくれいく奇怪なモーターボートのうしろ姿を見送りながら、なにかしらうなずけないふうで、しきりに小鬢をかいていた。

第四章　盗まれた矢

「いいよ、いいよ、わかったよ、この野郎、くどくどいうない。約束は約束だ。食言するようなおれだと思うのかい？　早苗はたしかに貴様にくれてやる。わっはっは」

古館博士はあいかわらずの上機嫌である。しかし、この上機嫌のなかには、どこか酔っ払いじみた危険な感じがある。

高見沢はそれに気がついているのかいないのか、

「あっはっは、そうこなくちゃ嘘ですね。いや、どうもくどくど申し上げて失礼しました。きっと早苗さんをだいじにしますからね」

と、これまた上機嫌である。

「それゃ、貴様の勝手だぁね。だけどいっとくがね。おれゃアこれで古風なほうだから、三々九度の杯というやつがすむまでは、早苗に手を出しちゃあならねえぞ。こういうことはきちんとしなきゃいけねえからな」

「それゃあもうお父さん、いうまでもありませんよ。お父さんさえ理解してくだされば、ね。そのかわりできるだけ式を早めてくださいな。ねえ、お父さん」

「うん、いいよ、いいよ、わかったよ。おれも貴様みたいな婿殿がきまってうれしいよ」

古館博士と高見沢康雄のあとにつづいて、一同がゾロゾロ博士の邸宅へ入っていくと、出迎えた佐伯達子がいちはやく早苗の顔色に眼をとめた。

「あら、お嬢さま、どうかなさいまして？」

早苗が蠟のように白くこわばった顔をつとそむけると、達子ははっと肚胸をつかれたような顔色をした。

「あっはっは、ママさん、喜んでくれ。早苗の婿君がきまったんだ。今夜はお祝いにシャンパンを抜こう」

「婿君がおきまりになったって？」

達子の声が思わずかん走った。

「なにさ、びっくりすることたぁねえよ。この野郎がな、みごとハートのクイーンを射とめたのよ。わっはっは」

「あっ！」

と、立ちすくむ達子の前へ、高見沢がうやうやしく頭をさげて、

「ママさん、なにぶんよろしく頼みます。ぼく結婚したら、せいぜいよい旦那さんになるよう努力しますからね。うっふっふ」

茫然として眼をみはっている達子の前をすりぬけて、早苗は逃げるように客間の上の階段をかけのぼっていった。

「あっはっは、早苗め、うれしいのか、恥ずかしいのか。高見沢、まあ、勘弁してやってくれ。いずれ結婚すればいやがおうでも、きみのそばにくっついてらあ」

金田一耕助はそういう博士の顔色を、注意ぶかく読んでいる。

しかし、こんどの場合、古館博士はいつもこんな調子なのである。冗談なのか真剣なのか捕捉しがたい雰囲気のうちに、打つべき手を着々と打っていくひとである。

しかし、こんどの場合、問題がいささか深刻すぎるようである。まさか博士がこの男に早苗をめあわせる気があろうとは思えないが、こんなに深入りしてよいのだろうか。それとも博士にはなにか打つ手があるのだろうか。

客間へ入るとマントルピースの上の置時計が四時半を示していた。

「晩餐は六時にしよう。ママさん、そのつもりで用意をしておくれ。加納、おまえお客さんのお相手をしてあげてくれ」

と、博士は世にも残酷なことを加納に命じておいて、さっさと客間を出ていきかけたが、ドアのところで立ちどまると、

「いや、それともみなさん、めいめいのお部屋へおさがりになってもけっこうですよ。まだ一時間半ありますからな」

そういいすてて博士はすたすた自分の書斎へ行ってしまった。

「恵ちゃん、滝子さん、あたしたちお部屋へさがってバスを使ってこない？」

「ええ」

すっかり考えこんでしまった三人の女は、ことば少なに二階へあがっていく。この邸宅には十人ぐらいのお客が泊まれるくらいの部屋があり、各部屋ごとにバスがついている。

女たちが出ていくと、あとには三人の求婚者と加納のほかに金田一耕助の男五人。加納はしばらくもじもじしていたが、

「金田一先生、恐れいりますが、このひとたちのお相手をしていてください。ぼく、ちょっと用事を思いだしましたから」

と、ドアを出ようとするうしろから、

「あっ、ちょっと加納君」

と、高見沢が呼びとめて、

「きみ、もう早苗さんのお尻を追っかけまわしてもだめだぜ。あの娘はおれのもんときまったんだからな。あっはっは」

毒々しい笑い声を浴びせかけられて、加納の頬にさっと血の気がのぼった。しかし、すぐいつもの落ち着きをとりもどすと、そのまま足早に部屋を出ていった。

加納はこの家に住んでいるのではないけれど、こちらに逗留するときは、いつも階下の一室をあてがわれるのである。

「ちっ、妬いてやぁがらあ」

高見沢はせせら笑って、透と大助をふりかえると、

「いまのことはきみたちにもいっとくよ。早苗はおれが射とめたんだからな。いっひっひ！　どれ、おれもバスを使ってこようっと」

高見沢は肩をそびやかし、まるでボクサーのような格好で、のっしのっしと部屋から出ていくと、二階の階段をのぼっていく。

満月のような大助の顔も、さすがにこのときばかりはこわばって、にくにくしげにそのうしろ姿を見送っていた。しかし、自分をみつめている金田一耕助の視線に気がつくと、照れ臭そうに苦笑いをして、これまた部屋を出て二階へあがっていく。

あとには金田一耕助と透のふたりだけになった。

「伊沢君、きみはバスを使わなくてもいいの」

「いや、ぼくはもっとあとで……」

伊沢透はあいかわらず意気があがらず、なんとなくおびえたようにソワソワしている。

「そう、じゃ、ぼく失礼して、ちょっとバスを使ってきます」

金田一耕助の部屋は階段をあがって、すぐとっつきの部屋である。耕助が階段をあがっていくと、足音を聞きつけたのか、筋向かいの部屋のドアがひらいて、松野田鶴子が顔を出した。田鶴子はオーバーを脱いだだけで、まだスーツのままだった。

「あら、金田一先生でしたの？」

「松野先生、なにかご用ですか」

「いいえね、早苗さんのお部屋……」

と、金田一耕助のすぐ前のドアを指さして、

「さっき、恵ちゃんや滝子さんとノックをしてみたんですけれど、なかから返事がございませんの。ひょっとすると泣いてらっしゃるんじゃないかと思って……」

ふたりはちょっとの間意味ふかい眼を見かわしていたが、

「いえ、どうも失礼申し上げました。どうぞごゆっくり」

にっこり笑って松野田鶴子はドアをしめたが、その笑いにはかたい翳りが感じられた。

金田一耕助はバスを使いながら、きょうの出来事を考えてみる。

かれはこの事件のなりゆきに、少なからぬ危惧と憂慮を感じているのだ。

古館博士はこういう場合、すなわち、求婚者のたれかが金的を射とめるかもしれないという場合を、考慮にいれていただろうか。もし、佐伯達子のいうように、たかをくっていたとしたら、この破綻をどういうふうに弥縫するつもりなのか。

金田一耕助は早苗にたいする古館博士のふかい愛情を知っている。それはいくらか世間の父親と違った形で表現されるのだが。……

三十分ほどしてバスからあがってシャワーを浴び、それから服装をととのえて……と、いったところで、どうせよれよれの羽織袴だが……部屋から出ると、バッタリ階下からあがってきた透に出会った。

「やあ、きみはこれから……？」

「はあ。……」

透は逃げるようにこそこそと、金田一耕助の隣の部屋へ入っていった。

金田一耕助がそのまま階段をおりていくと、客間のなかで古館博士が大声で加納を怒鳴りつけていた。

「やい、このでくの坊、なにをぼんやり考えこんでやぁがンだ。しっかりしろい」

「あっはっは、先生はあいかわらず元気ですね」

金田一耕助が声をかけながら客間のなかへ入っていくと、

「やあ、金田一さん、おめかしだな。ありがとう、ありがとう。娘の婚約者がきまったので、祝ってくださるんですな。それにひきかえてこのでくの坊ときたら、いやにシュンとしやぁがって……ああ。ママさん、なにか用……?」

客間の入り口のところに佐伯達子が立っていた。

「はあ、あの伊沢透さんはいらっしゃいませんでしょうか」

あいかわらず姿勢をちゃんとただしているが、その顔色は昨夜見たときと同じだった。どこかに暗い、物悲しげな影を背負うている。

「ママ、あの男になにか用かい?」

「はあ、あの、ちょっと……」

「伊沢君ならいま自分の部屋へ入りましたよ。ぼくの部屋の隣です」

と、金田一耕助が教えた。

「はあ、ありがとうございます」

佐伯達子はまるで幽霊のように足音のない歩きかたで、静かに階段をのぼっていったが、あがっていったかと思うとすぐまた静かにおりてきた。

「金田一先生、ありがとうございました」

「ママさん、伊沢にどういう用事が……？」

と、古館博士はいぶかしそうである。

「いえ、あのちょっとことづかりものが……先生、お夕飯は六時でございましたね」

「ああ、あと五十分しかないよ。大急ぎで支度をしておくれ」

「はい」

達子がまた足音のない歩きかたで消えていくと、

「ちっ、あの婆あ、ますます影がうすくなりゃあがる」

と、吐き出すようにつぶやいて、それから急に悪戯っぽい眼を金田一耕助に向けた。

「金田一先生、今夜はうんと御陽気に騒ごうじゃありませんか。あんた飲めば相当いけるということを聞いているんだ。この加納がまたそうでね。加納、貴様も今夜はうんと飲んで騒げ。おまえみたいな朴念仁じゃ、いつまでたっても女はできねえぞ」

それから十分ほどたって松野田鶴子が恵子や滝子をともなっておりてきた。三人とも湯あがりの匂うばかりの顔色をしている。

田鶴子はそこに古館博士以外には、金田一耕助と加納学士のふたりきりしかいないのをみると、つかつかと博士のそばへよってきた。

「先生、あなたまさか本気で、早苗さんを高見沢みたいな男と結婚させようというんじゃないでしょうね」

「どうしてだい？　マダム？」

「だって、あのひとがどんな男だか、先生だってよく御存じのはずじゃありませんか」

「さあてね。道楽もんは道楽もんだけど、そのほうがいいんだぜ、いまどき。この加納みたいな朴念仁じゃさっぱりだあね」

「先生てば、よう、先生」

と、恵子と滝子が左右から博士の腕にしがみついた。

「いやよ、いやよ、あたしたちこの結婚には絶対に反対よ」

「そうよ、そうよ、さっきお二階で松野先生とお約束したのよ。どんなことがあってもこの結婚、さまたげてみせるって」

恵子と滝子が真剣な顔つきでいきまいた。

「あっはっは、いい子だからね。そんなおせっかいをするんじゃないよ」

「いいえ、先生」

と、松野田鶴子もキッパリと、

「早苗さんはあなたのお嬢さんかもしれませんけれど、あたしにとってもかわいいお弟子でございますよ。絶対に高見沢であろうが、神部であろうが、伊沢であろうが、あのようなけだものみたいな男と結婚させませんよ」

その語気があまり鋭かったので、金田一耕助も加納三郎も、思わず田鶴子の顔を見なおした。

「うわっはっは、すごい権幕だね。けだものって、どういう種類のけだものだい」

「先生」

と、松野田鶴子は声をひそめて、

「これは証拠のないことですから、なんとも申せませんが、文代があんなになったのも、ひょっとすると、あの三人のうちのだれかに、悪戯されたんじゃないかと思うんです」

金田一耕助と加納は、またギョッと松野田鶴子の顔を見なおした。博士もさすがに眉をひそめて、

「だれかにってだれだい？」

「それはわかりません。こうなれば、自分の恥もうちあけねばなりませんが、あたし、すんでのことに高見沢のやつに暴行されようとしたことがあるんですのよ。あたし、いやというほど平手打ちをくわしてやったわ。そしたら、あの男、なんてずうずうしいんでしょう。冗談だよなんてしゃあしゃあしてるのよ。それから、ここにいる恵子ちゃんは大助に、滝子さんは透に、それぞれ同じようなめにあいかけたことがあるんです。あの連中、失敗すると冗談にして、いけしゃあしゃあと、どこまでもつきまとうんです」

「先生、あたしたち、自分の恥までうちあけて御忠告してるのよ。ようく考えてあげて」

「いずれ先生の御冗談だと思いますけれど、もしほんとうにそんなお考えなら、それこ

そ早苗さん、一生の破滅よ」

松野田鶴子はいうにおよばず、恵子も滝子も真顔だった。古館博士も急に真剣な顔色になって、

「ありがとう、マダム。それに恵子ちゃんも滝子ちゃんも。……それゃあね。いわゆる女道楽……すなわち、玄人相手の道楽以外に、そんな破廉恥なことをやる男なら、いくらなんでも、絶対に早苗をお嫁にやれません。だけど、たしかな証拠があるかね。文代という娘があのご連中のだれかに暴行されたという。……」

「さあ、それは想像なんですけれど……」

「マダム、想像でひとを傷つけるようなことをいっちゃいけないね」

「でも、あたしたちというい例が……」

「しかし、それゃ冗談だといったんだろう。ほんとに冗談だったのかもしれないじゃないか」

「先生、まだあんなことおっしゃって……」

と、三人がいいつのろうとしているところへ、高見沢が顔をてらてら光らせて、意気揚々と二階からおりてきた。

「よう、婿殿、だいぶんおめかしだが、おまえ、この御連中に評判が悪いぜ」

「いやあ、とかく女は嫉妬ぶかいもの。マダムにはだいぶん口説かれましたからね。あっはっは」

高見沢はふてぶてしくうそぶいた。

「高見沢さん！」

田鶴子はきっと威丈高になって、瞼のふちを朱で染める。

「あっはっは、冗談ですよ、マダム。ねえ、お父さん、女というものは冗談と真剣の区別がつかないので弱るんです。やあ、大ちゃん、おめかしだな。われわれの婚約を祝ってくれるのかい。ありがとう」

憤怒にもえる松野田鶴子の視線もどこ吹く風と、高見沢はあとから入ってきた大助をからかっている。

大助は咽喉に食いいる固いカラーを気にしながら、無意味ににやにや笑っていた。

そこへ佐伯達子がまた足音のない歩きかたで、幽霊のような顔を出した。

「先生、お食事の用意ができたのでございますけれど……」

「ああ、そう」

と、古館博士は元気よく椅子から跳ねおきると、急にあたりを見まわして、

「それはそうと、肝心の早苗はどうしたんだ」

「ああ、ほんと、まだ見えないわね」

「あたくし、お迎えにまいりましょうか」

「あら、ママさん、いいわ。あなたお支度がおありなんでしょう。恵子さん、滝子さん、あなたがたおふたりでお迎えにいってらっしゃい」

「はい」

恵子と滝子がすなおに二階へあがっていった。

五分間ほど待たせたのちに、早苗は恵子と滝子に手をとられて二階からおりてきた。上手に化粧でかくしているけれど、ひた泣きに泣いたらしい跡が、瞼に歴然とのこっている。

「さあさあ、これでみんなそろった。それじゃ婿殿、早苗の手をとってやっておくれ」

高見沢はにやにやしながら早苗のほうへ腕を出す。早苗はまるで毛虫にでも刺されたようにびくりと眉をふるわせて、救いを求めるように加納を見た。加納はしかし、眼を見かわしただけで顔をそむけた。

こうして一同が食堂へ入ると、やがて席もさだまったが、そのときになってまだひとり欠けていることに気がついた。

「ああ、伊沢のやつがいないんだ。あいつはいつもおくれるんだな。ママ」

「はい」

佐伯達子はお君とお菊の女中ふたりに手つだわせて、一同のグラスに酒をついでまわっていたが、古館博士に呼びかけられると、低く答えて立ちどまった。

「伊沢のやつを迎えにいっておくれ。いよいよ婚約披露の宴がはじまるんだから」

佐伯達子は無言のままにうなずいて、足音もなく食堂から出ていったが、ものの一分もたたぬうちに、ひっそりと、それこそ物の怪のように帰ってきた。

「先生に申し上げます」

「ええ、なに?」

達子の声があまり異様なひびきをおびていたので、古館博士をはじめとして、食堂にいあわせたひとびとは、みないっせいにそのほうをふりかえった。

そして、佐伯達子の顔が極度の恐怖にゆがんでいるのを見たとき、金田一耕助はすでに腰を浮かしかけていた。

「ママ、どうしたの?」

「はい、伊沢さんはこのお席へお出になることができまいと思いますけれど……」

「どうして……?」

「さっきみなさんがお話ししていらした、盗まれた三本の矢のうちの一本が見つかったのでございます」

「矢が見つかったって?」

「はい、伊沢さんの心臓につっ立っているようでございます」

佐伯達子は極度の恐怖にうちのめされたのか、その表現はまるで抑揚をかいていた。

一同はしばらくポカンとして達子の顔をながめていたが、突然、金田一耕助が床から立ちあがった。

「ママさん、どこに……どこに伊沢君はいるんだ!」

「はい、お部屋のバスルームのなかに……シャワーを浴びながら……」

達子は例の足音のない歩きかたで案内に立つ身ぶりをする。古館博士と加納が金田一耕助につづいて立ちあがった。

だが、古館博士はすぐ加納をおしとめて、

「加納、きみはここにとどまっていてくれたまえ。この連中……」

と、ポカンとしている高見沢康雄と神部大助を指さして、

「いや、このおふたりさんをどこへもやらぬように。それからマダム」

「はい、先生」

と、松野田鶴子は真っ蒼になりながらも、すでに立って早苗の背後にまわっていた。

「早苗のことをよろしく頼みます」

「先生、承知いたしました」

「それじゃ、ママさん、案内しておくれ」

古館博士の声は感動にふるえているようだった。

こうして佐伯達子を先頭に立て、金田一耕助と古館博士が食堂を出て、二階への階段をのぼっていったのである。

第五章　脅迫者

伊沢透の部屋は前にもいったように、金田一耕助の部屋の隣だった。これをもっと詳

しくいうと、階段をあがって右側の二番目の部屋がそれである。

ドアを入るとベッドをそなえつけた寝室になっており、小さな書物机に小型の簡単な洋服ダンス、椅子が一脚おいてある。ベッドの上に伊沢透の洋服から下着の類が脱ぎすててあり、裏に面した窓はぴったりしまっていた。

「ママさん、この部屋の電気は……？」

と、金田一耕助が達子に尋ねた。

「はい、それはあたくしがつけました」

「それじゃ、ママさんが来たときには、この部屋は電気が消えていたんですね」

「はい」

「ママさん、そのときの様子をもっと詳しく聞かせてください」

「はい、それはこうでございます。あたしがいくらドアをノックしても返事が聞こえません。またお名前をお呼びしてもなんともおっしゃいません。それでいてシャワーの音が聞こえます。それで、ひょっとするとシャワーの音で、あたしの声が聞こえないのではないかと思って、ドアを開いてスイッチをひねったのでございます」

そのスイッチはドアを入ったすぐ左側の壁にある。

「そのとき、あのバスルームには電気がついていたんですね」

「はい」

バスルームは寝室の一画を日本建築にして三畳敷きくらいの広さに区切って、そのドアはベッドと向かいあっている。ドアの上部にはすりガラスがはめこんであるので、バスルームに灯がついていることはすぐわかる。

佐伯達子もいうとおり、そのバスルームのなかからさかんなシャワーの音が聞こえていた。

古館博士がいきなりそのドアに手をかけようとするのを、うしろから金田一耕助がひきはなして、

「先生、なんにもお触りにならないように。それからママさんも……」

「ええ、でも……？」

「でも……？」

「あたくしはさっきここへ入ったとき、なにかに触ったかもしれません。こんなこととは知らなかったものですから」

佐伯達子もようやく落ち着きをとりもどしてきたのか、口のききかたも尋常だった。

「いや、それはやむをえません。それでバスルームに灯がついているのを御覧になって……それからどうなすったんですか」

「はい、バスルームに灯がついているうえに、シャワーの音が聞こえますから、てっきりシャワーをお使いになっていらっしゃるのだと思って、二、三度ドアの外からお呼びしたんです。それでも、やっぱり御返事がございませんし、それにシャワーの音のほか、全然なんの気配もございません。あたくしなんだか変な気がして、その鍵穴（かぎあな）から……あ

あ、そうそう、その鍵穴からのぞく前に、ドアの取っ手に手をかけて、ドアを開こうといたしました。しかし、なかから掛け金がかかっているとみえて開きません。そこで床にひざまずいて、鍵穴からなかをのぞいてみたのでございます。そしたら……そしたら……」

「ああ、そう、それじゃ……」

と、金田一耕助も小腰をかがめて鍵穴に眼をやった。

と、まずかれの眼にうつったのは、さかんに噴出しているシャワーの雨である。そしてそのシャワーの下に仰向けになって倒れている男のちょうど胸のあたりだけが、白い山脈のように盛りあがっている。

しかも、その白い山脈の肉のなかに、ぐさりと突っ立っているのは、細い、白い棒のようなもの。……金田一耕助はいろいろと眼の位置をずらせてみて、その棒の先についている、白く塗られた矢羽根を認めたが、しかし、どんなに眼の位置をかえてみても、その男の顔まで見ることはできなかった。

しかし、前後の事情からいっても、かつまたそこに脱ぎすてられている衣類からいっても、それが伊沢透に違いないことはまずうなずける。

金田一耕助は鍵穴から眼をはなそうとして、ふと妙なことに気がついた。バスルームのはげしく噴出するシャワーの雨脚がときどき乱れがちになるのである。

窓がひらいているのではあるまいか。

「古館先生、あなたもここからのぞいてごらんなさい」

金田一耕助は鍵穴を博士にゆずって、窓のほうへ行った。

窓のカーテンはあけっぱなしになっていて、窓ガラスだけがしまっていた。

金田一耕助はそのガラス戸をひらいて、そこからバスルームの窓をのぞいてみようと思ったのだが、すぐ、それを断念した。指紋のことを考えたからである。

「伊沢君、伊沢君、しっかりしろ。いったいだれが……いったいだれがこんなことを……」

古館博士はまだ床にひざまずいたまま、うめくような声で叫んで、拳でドアをたたいている。なんだか泣いているような博士の声音だったが、しかし、この際、博士が泣くというのは……？

金田一耕助はふっと怪しい胸騒ぎを感じて、佐伯達子のほうをふりかえったが、達子はただ眼をみはって、博士の大きな背中をみまもっているだけである。その無表情な姿には、どこかスフィンクスを思わせるものがある。

やがて、博士はむっくりと床から起きあがって、金田一耕助のほうをふりかえった。

博士はべつに泣いているのではなかった。いや、泣いているどころか、一種異様な、それこそ凶暴ともいうべき光が、ギラギラと油のように瞳のなかに浮いているのである。大きな眼玉がいまにもとびだしそうなほどすわっていた。

「金田一さん」

と、古館博士は強い感情をおさえるような、妙にいきんだ声で、

「あれゃ、伊沢透なんでしょうな。顔は見えんが……」

「まず、それにまちがいないでしょうね」

と、金田一耕助はベッドの上の衣類のほうへ眼を走らせた。

「それで……死んでる……殺されてるんですね」

博士の調子はまるで金田一耕助に挑戦でもふっかけているようだ。

「それも、まず、まちがいないようですね」

「ふうむ」

と、博士は嵐のような鼻息を吐きだして、

「それで、どうだろう。警察へとどける前に、バスルームのなかを、もう少しくわしく確かめてみなくてもよいだろうか」

「確かめるって、どういうふうにして？」

「そのガラスを打ちやぶって……」

と、博士はバスルームのドアの上部にはめこまれた長方形のすりガラスを指さした。

「いや、それはおよしになったほうがよろしいでしょう。現場はなるべくそのまま、そっとしておいたほうがいいですからね。それより、ママさん」

と、金田一耕助は依然として、スフィンクスのように立っている佐伯達子をふりかえった。

「…………？」

達子はただ上眼をあげて、金田一耕助の顔を見るだけで返事に代えた。

「あなたにお尋ねしたいんですがね。ママさんはきょう、伊沢君がここへあがってくるとまもなく、あとを追っかけて二階へあがってきましたね。あのとき、なにかご用事でも……？」

「ああ、あれ……？」

と、達子は思いだしたようにキョロキョロあたりを見まわしたが、

「あたくし、伊沢さんにお手紙をことづかっていたんです」

「手紙ってだれから……？」

「いいえ、お名前は存じません。年ごろ三十四、五だったでしょうか。なんだか怖いような男のひとで……与太者とでもいうのでしょうか」

「ママ」

と、そばからいぶかしそうに眉をひそめた古館博士が声をかけたが、その声音にはやさしさがあふれていた。

「それはいったいどういう話なの。ママはどうしてそんな男を知ってるの？」

「いいえ、先生、それはこうでございますの」

達子は指にまいたハンケチで額ぎわをぬぐいながら、

「みなさんが海のほうへお出かけになってからまもなくのことでした。その男がここへ

やってきたんです。女中たちがみんな怖がるので、あたくしが出て会ってみました。玄関先で会ったんです。そしたら……」

「ああ、ママさん、ついでのことにその男の人相を、もう少しくわしくいってくださいませんか」

「はあ」

と、達子は上眼づかいに、ちょっと考えをまとめるふうをして、

「年ごろはさっきも申しましたとおり、三十四五、五六というところでございましょうか。かなり背の高い、がっしりとした体格の、ひょっとすると拳闘家かなんかではございますまいか。左の耳がつぶれて、眼尻に切れたような跡がございましたから」

「ふむ、ふむ、それで服装は……?」

「はあ、真っ赤なセーター、……首まである真っ赤なセーターの上に、粗い派手な格子織のスコッチかなんかの上衣を着ておりましたようで……そのひとが伊沢さん、伊沢透が来ているだろう。来ていたらここへ出せというのでございます。それであたくしがいまお出かけでございます。帰りは夕方ごろになりましょう、と、いうようなことを申し上げましたら……」

「ふむ、ふむ、そしたら……」

「そしたら、それまでここで待たせてもらうというんですの。そんなひとに玄関へねばられたらふうが悪うございますから、もう一度出直してくださいますようお願いしたん

でございます。そしたら、伊沢透は今夜ここへ泊まるのかというお尋ねでございましょう。それで、あたしにはよくわかりませんが、たぶんそういうことになるのではないかと申し上げますと、それじゃ、なにか書くものをほしいとおっしゃるので……」

「書くものを渡してやったの？」

「はい、応接室から便箋と封筒をもってきてやりました。万年筆は本人がもっておりましたものですから。……そうすると、下駄箱の上で便箋になにか書いて……」

「あっ、ちょっと！」

と、金田一耕助が思いだしたようにさえぎった。

「われわれが出かけるとき、高見沢君や神部君、伊沢君の三人が、玄関先でいろいろ弓の選り好みをしたあげく、三挺ほど玄関の下駄箱の上へおっぽりだして行ったが、その男が来たときその弓は……？」

「はあ、そうおっしゃればまだそこにございました。あたくしが玄関へ出たとき、その男が珍しそうに弓をいじっておりましたから。……」

「ああ、なるほど、それで……？」

「はあ、それで下駄箱の上で手紙を書き終わると、封筒におさめ封をして、伊沢さんが帰ってきたら渡してくれるようにといいおいて、出ていったのでございます。なんだか、すごい、怖いようなひとでした」

「それで、ママさんはその男が帰ったあと、玄関の弓を片づけようとはしなかったんだね」

金田一耕助はヨットから帰ってきたとき、まだ弓が二、三挺、下駄箱の上においてあったのを思い出す。ただし、それが二挺だったか、思い出せないのだけれど。……

「はあ、あの、お支度に忙しかったものでございますから。……」

「それで、あのとき、その手紙をもってこの部屋へやってきたんだね。ママ」

と、古館博士がやさしく尋ねた。

「はあ、なんとなく他聞をはばかるような気がしたものですから、みなさんの前でお渡ししては悪いと思いまして。……」

「そのとき、伊沢君はどんなふうをしていました？」

と、こんどは金田一耕助が尋ねた。

「はあ、あの、バスをお使いになるつもりでいらしたんでしょう。上半身はもう脱ぎかけていらっしゃいました」

時間からいってもちょうどそのころだろうと、金田一耕助もうなずいた。

伊沢透が部屋へ入るのを見て、金田一耕助は階下へおりていったのである。そして、ちょうど客間にいあわせた古館博士や加納三郎と話をはじめたところへ、達子が伊沢のいどころを聞きにきて、二階へあがっていったのである。

「それで、手紙を渡すと、すぐ階下へおりてきたんですね」

「はい」

二階へあがっていったかと思うと、すぐ達子がおりてきたのを、金田一耕助ははっきり思い出す。

「それで手紙を受け取ったときの、伊沢君の様子はどうでした」

「はあ、もう、それはとってもびっくりなすったというより、おびえたような御様子で……でも、いくらか期待していらしたようなふうでもございました」

そういえば伊沢透は、きょうこの家へ来たときから、なんとなく、妙にびくびくしていたようだ。

「伊沢のやつ、だれかに脅迫されていたんだね」

古館博士が吐き出すようにつぶやいた。

「おそらくそうでしょう。そして、その手紙はきっとまだこの部屋のどこかにあるはずですね。伊沢君が焼きすてないかぎりは……」

部屋のなかを見まわしたが、どこにも手紙を焼きすてたらしい跡はなかった。

古館博士がベッドの上に脱ぎすててある、伊沢の衣類に手をかけようとするのを見て、金田一耕助があわててうしろから引きとめた。

「先生、およしなさい。あとは万事警察に任せることにしましょう。ママさん、ありがとう。それじゃ先生、さっそくこのことを警察へお知らせになったら……？」

古館博士は唇をきっと結んだまま、重っくるしくうなずいた。そして、佐伯達子をうながして部屋から出ていった。

金田一耕助はいちばんあとから部屋を出ると、取っ手にさわらぬようにして、そっと静かにドアをしめた。

それから階段をおりると玄関へ出てみたが、三挺あった弓のうち、一挺欠けているのに気がついた。

第六章　五時の影

それから間もなく古館家からの報告によって、所轄警察から係官がどやどやとおおぜい駆けつけてきた。

こうなるともう、早苗と高見沢康雄との婚約披露宴どころではない。

このことは早苗にとっては大いなる救いになったに違いないが、さりとて、この好ましからぬ披露宴をさまたげるものが殺人事件とあっては、彼女も手ばなしで喜んでいるわけにもいかなかった。

早苗はまた新たなる不安と危懼に胸をふるわせたが、そのことは、その夜、古館邸にいあわせたすべてのひとが同じだったであろう。だれだって同じ棟の下で自分の知人が殺されたとあっては、安閑としていられるものではあるまい。

ただ、ここに金田一耕助にとって、非常に仕合わせだったというのは、ここの所轄警察の捜査主任、すなわちこの事件の担当者、内山警部補というのが、かれにとって旧知の人物だったことである。

耕助のほうでは忘れていたのを、相手に名乗られて思いだしたのだが、もとこのひとは伊豆の修善寺にいて、『女王蜂』の事件のさい、金田一耕助と活動をともにした経験をもっていた。

「金田一先生に手つだっていただければ、千人力もおろかなこと、なにぶんよろしくお願いしますよ」

「いやあ、どうも……」

と、金田一耕助は照れて、もじゃもじゃ頭をかきまわしながら、それでもはじめから現場へ立ち会うことができるのを喜んだ。

金田一耕助の注意によって、まずバスルームのドアにはめこまれた、長方形のすりガラスが取りはずされた。そして、そこから上半身をのぞきこませた刑事によって、内側からかかった掛け金がはずされた。

さいわいバスルームのドアの掛け金は、差し込み式のやつではなくて、柱のほうについている掛け金を、ドアの枠(わく)についている受け金へ、がちゃんと落としこむ式なので、上半身さえドアのなかへ入れれば、案外簡単にひらくのである。

むろん、その前にバスルームのドアの取っ手はいうまでもなく、寝室のドアの取っ手からも、綿密に指紋が採集されたことはいうまでもない。

金田一耕助はドアがひらくと同時になかをのぞいて、思わず両の拳をにぎりしめる。

そこには果たして透の裸身が、仰向けざまにひっくりかえっていて、その上からシャワーが雨のように降りそそいでいた。

すぐ写真班がとびこんで、あらゆる角度から現場写真が撮影される。それがすむと鑑識課の活躍だ。シャワーが止められ、そこらじゅうにべたべたと粉末がふりまかれた。そして、二、三か所から指紋が採集されると、そのあとからはじめて内山捜査主任が金田一耕助と警察医をつれて入りこんだ。

前にもいったようにこのバスルームは、日本間にして三畳よりやや狭く、外部に向かって窓がとってあったが、さっき金田一耕助が想像したとおり、窓ガラスが大きく左右にひらいていて、そこから冷たい早春の夜気が流れこんでくる。

さて、この窓のほうに向かって左にバスタンクがあり、湯はもうすっかり抜けていたが、タンクの内側の八分目あたりのところを、せっけんの泡(あぶく)の跡がふちどっており、底のほうに抜け毛が二、三本こびりついているところをみると、伊沢透は確かに湯を使ったらしいのである。

さて、問題の透の死体だが、下半身にバスタオルを巻きつけており、窓のほうに脚を向けて、仰向けに倒れている。そして、その左の胸にみごと白塗りの白羽箭(しらはや)が、のぶかく突っ立っているのである。

「先生、これ、さっきお話のあった伊沢透という男に違いありませんね」

金田一耕助は写真班や鑑識の連中が活躍しているあいだに、だいたいきょうの婿選びの事情を、内山警部補に話しておいたのだ。それだけに警部補のこの事件にたいする興味と好奇心は大きかった。

「はあ、伊沢透君にまちがいありません」

「それであの矢が婿選びの競技が終わったあとで盗まれた、三本の矢のうちの一本だとおっしゃるんですか」

「さあ、それはぼくにもわかりません。さっき階下で確かめたところによると、伊沢君の使用したのは、たしかに白塗りの矢だったそうですが、果たしてその矢がそれだったかどうか。……」

「いま、かりにこれが盗まれた矢だとすると、矢を盗んだやつが犯人だということになるわけですか」

「さあ、そう急には断定できませんが、とにかく大至急矢を盗んで逃げた男を捜索されるんですね」

「それはもうおっしゃるまでもなく、さっそく手配りはしておきましたが……」

と、狭いバスルームのなかにひしめくようにして死体を取りまいていた刑事のひとりが、

「ねえ、主任さん」

と、したり顔につぶやいた。

「それはやっぱり矢を盗んだやつが、窓の外から矢を射こんだに違いありませんぜ。だって、この寒空にバスを使うのに、わざわざ窓をあけるはずがありませんし、それに腰

に巻いたバスタオル。閉めきった浴室のなかでバスを使うのに、タオルを腰に巻く必要はないでしょう。だから、わたしの考えるのに、被害者は風呂からあがって底の栓をぬき、湯を落としながらシャワーを浴びていた。そこへ窓の外から合図かなにかあったので、バスタオルを腰に巻きつけ、なにげなく窓をひらいて外をのぞいた。そこへ向こうの丘の中腹から矢がとんできたという寸法ですぜ」

刑事の説も一理ある。

金田一耕助はそれを聞きながら、窓のそばへよってみる。

かれの部屋もすぐ隣にあるのでよく知っているのだが、このひとならびの部屋は、建物の裏側にあたっていて、小高い丘が眉に迫るように窓のすぐ外にそびえている。

金田一耕助はゆうべ、波の音に悩まされるのをきらって、わざと裏側の部屋を所望したのだし、きょうの客では御婦人達に敬意を表して、日当たりのよい南側のひとならびは、松野田鶴子ほかふたりのバレリーナに提供されたのである。

内山警部補も金田一耕助のそばへやってきて、

「だいたい、いま川合君のいったとおりじゃないでしょうかねえ。ああして掛け金が内側からしまっていたところをみると……」

と、さぐるように金田一耕助の顔を見る。

「そうですねえ。窓の外から射たとするとあのへんからでしょうねえ」

斜め下に見えるまばらな雑木林のなかを指さして、

「矢の入った角度は六十度くらいの角度をえがいて、下から突きささっておりますから」

金田一耕助に注意をされて、内山警部補が死体のほうをふりかえると、なるほど耕助のいうとおりだった。

「だから一応あのへんを、調べてごらんになるんですね。じめじめとした日陰の林のなかだから、足跡が残っているかもしれない」

「ああ、そう、川合君」

「はっ、承知しました」

言下にあの卓見を披露した川合刑事が、意気揚々として部屋からとび出していった。

そのとき、ようやく医者の検視が終わって、

「まあ、なんじゃな、解剖してみなけれゃあよくわからんが、死因はやっぱりこの矢傷だろうな。それから死後の推定時間だが、二、三時間というところだろ」

腕時計を見るといま八時である。

「すると、先生、五時から六時までのあいだということになりますが、もう少し幅をせばめられませんか。死後まだごくわずかしきゃたっていないんですが。……」

と、内山主任が口を出した。

「そうは問屋がおろさんよ。それにこのシャワーというやつが邪魔をしよる。死んでからザーザー水をかぶっていたんじゃあな。硬直状態も狂ってくる。だいたい、五時から六時までのあいだと、そんなところでかんべんしてもらいたいな」

それならば医者の検視をまつまでもなく、はじめからわかっているのである。伊沢透がこの部屋へ入るのを、金田一耕助が目撃したのは、ちょうど五時ごろのことであり、佐伯達子が死体を発見したのは、六時前後のことだった。

そこへ隣の部屋から刑事が顔を出した。

「主任さん、見つかりましたよ。脅迫状が……」

と、くちゃくちゃにまるめた紙をふってみせて、かなり興奮のていである。

「なに、脅迫状……どれどれ……金田一先生、ここはもうこれくらいでいいでしょう」

金田一耕助はもう一度、バスルームのなかを見まわした。

壁にかかった棚の上に安全カミソリがおいてあったが、カミソリを使ったふうは見えなかった。バスタンクのふちのタイルの上には、くちゃくちゃにぬれたタオルが丸めたままで投げだしてあり、そのそばに蓋のないせっけん箱のなかに、おろしたてのせっけんが入っており、せっけん箱のなかには水がいっぱいたまっていた。せっけん箱の蓋はシャワーの水に流されて、バスルームのすみに浮かんでいる。

どこにも変なところはなかった。すべての状態が次の事実を示しているようだ。

さっき川合刑事もいったとおり、伊沢透はバスからあがると、まず底の栓をぬいて湯を流した。それからシャワーを浴びているところへ、窓の外から合図があったので、バスタオルを巻きつけて窓をひらいて外をのぞいた。そこを矢で射られてうしろへひっくりかえったのだと。……そういう状態を示しているのだ。

それにもかかわらず金田一耕助の心中に、一抹の不安がやどっているのは、そこに横たわっている伊沢透の顔のせいである。

透の顔は頰から顎から鼻の下へかけて、うすぐろい影にくまどられている。それは五時の影というやつで、朝顔をあたってても夕方の五時ごろには、うすくひげがのびてくる。それを五時の影といって、身だしなみのよい男なら、夕方もう一度顔をあたるのである。ことに透は色白のくせにひげの濃い男とみえて、五時の影がかなり目立つほうである。しかも、そこに安全カミソリが出ているのに、透はなぜ五時の影を落としていないのか。バスの底の栓をぬき、シャワーをかぶってからひげをあたるつもりだったのだろうか。それだとするといささか不自然ではないか。

「金田一先生、なにか変なことでも……」

さぐるように自分の顔色を読んでいる内山警部補の視線に気がついて、

「ああ、いや、べつに……」

と、金田一耕助は自分から先に立ってバスルームを出ると、

「脅迫状が見つかったんですって？」

と、そこにいる刑事に尋ねた。

「はあ、あのベッドの下につっこんであったんです。封筒に入れて、くちゃくちゃに丸めてありました」

それはあきらかに古館家の封筒と便箋で、どちらにも博士の名前が印刷してある。そ

して、封筒の表には、

「伊沢透殿」

と、あまり上手でない万年筆の走り書きであて名が書いてあり、便箋のほうには次のような文章が、封筒にしたためたと同じ筆跡で走り書きがしてあった。

> 今夜九時。江の島へ渡る栈橋のキワで待っている。そこで話をつけよう。けっして暴力は用いない。条件もきみが応じられる程度に考える。こちらはそれだけ譲歩する気になっているのだ。それでもなおかつきみが逃げを張るなら……そのときにはカタワになるくらいのことはカクゴしていたまえ。
>
> O・J生

あきらかに脅迫状だった。

そして今夜の九時といえばまだあと一時間近くある。内山警部補をはじめとして、捜査隊の面々が、さっと緊張したのも無理はない。

第七章　矢盗人

客間のなかには、この事件の関係者一同が鑵詰めになっている。

かれらは古館博士が警察へ事件を報告したのち、そろって食堂で食事をとったのだけれど、それは婚約披露宴などというような、陽気ではなやかなものではなかった。相当ずうずうしい高見沢康雄や神部大助であったけれど、それだけに抜け目のなさももっているのだ。いずれ係官の取り調べを受けなければならぬということを知っているふたりは、もし酔っ払ってヘマなことをやっちゃ損だと考えたのか、アルコール分には手をつけなかった。

そのなかにあって、日ごろとちっとも変わらぬ健啖(けんたん)ぶりを示したのは古館博士である。さすがに今夜はしゃれもとばさず、酒量もひかえたが、それでもシャンパン・グラスを三度からにした。

「どうしたの、早苗、おまえはもっとたくさん食べなきゃあいけないんだよ。恵ちゃん滝ちゃんもしっかりおあがり。きみたちはエネルギーを蓄積しとかなきゃあいけないんだよ」

古館博士のことばの調子には、こんなことはなんでもないんだ。蠅(はえ)一匹死んだくらいに思っとけばいいと、いわぬばかりに聞こえるものがあった。

「だって、先生……」

と、恵子も滝子もいまにも泣き出しそうな顔をして、ほとんど食事は咽喉(のど)へとおらなかった。

そのなかにあって博士についで健啖(けんたん)ぶりを発揮したのは松野田鶴子だった。彼女は次から次へと出される皿をがつがつしない程度のつつましさで、あらかたたいらげていった。シャンパンも一杯お代わりした。

「そら、ごらん、さすがにマダムはえらいよ。早苗はもとより、恵ちゃんも滝ちゃんもまだまだ修業が足らんね」

「あら、いやだ、先生」

と、田鶴子は思わずはしゃいだ声をあげたが、すぐいまがどんなときだか気がついたように、ナイフとフォークをおくと、

「そんなにおっしゃっちゃいただけなくなってしまいましたわ。もうよしましょう」

と、取りすまして神妙にいった。

食事が終わるとみんな客間へ集まったが、食堂を出るとき古館博士が、やさしく達子にささやいている声が金田一耕助の耳に入った。

「ママ、おまえも食事をすましたら客間へおいで。なんにも心配はいらんのだから、うんとたくさん食べておくんだよ」

博士の声にはやさしさがあふれており、これがこのひと本来の声なのだった。

そして、いまは八時五分。

いま客間に集まっているのは、古館博士に娘の早苗、弟子の加納にママさんの佐伯達子。ほかに三人のバレリーナと高見沢康雄に神部大助と、以上九人の男女である。

金田一耕助は係官の到着と同時に、二階へあがっていったきりまだおりてこない。と

きおり、刑事や警官があわただしく二階からおりてきて、表へとびだしていったりするごとに、ギクッとおびえたような顔を見合わせるのは、高見沢と神部である。

いまこの客間のなかにいる九人のなかで、いちばんおびえているのはこのふたりの男だったといってもよいかもしれぬ。

古館博士はさすがに冗談やしゃれは慎んでいたが、それでもあわただしい警察官の往来をどこ吹く風とばかりに、早苗や田鶴子、それから弟子の加納やふたりのバレリーナの卵に向かって、できるだけ気を引きたてるような話題を選んで話しかけた。また、ママの達子に向かっても、やさしい慰めるようなことばをかけた。

ただ、どういうわけか高見沢と神部にたいしては、絶対に声をかけようとはしなかった。博士は完全にこのふたりを無視しているのだ。

さて、ここにいる人物の大半がいま了解に苦しんでいるのは、被害者が伊沢透だったということである。高見沢が殺されたのなら話はわかる。

現にその晩、高見沢を殺したいと思った人物は、何人かいたに違いない。しかし、伊沢透となると話が違ってくる。透は選外におちたのだ。

婿選びの競技が行なわれるまでは、かれも主役のひとりだった。しかし、競技が終わると同時に、透は大助とともにみじめな端役に転落してしまったのだ。だれも見返るものはないはずなのだ。

それにもかかわらず、なぜかれが殺されなければならなかったのか。かれが殺されたということは、この事件の動機には婿選びとなんら関係のない別のものがあることを示しているのか。

しかし、それではなぜ凶器として、あの矢が用いられなければならなかったのか。……

……二階からあわただしくおりてきた刑事がふたり、また外へとびだしていって、高見沢と神部の神経をかきみだしてから間もなく、こんどは内山主任と金田一耕助がおりてきた。

かれらの姿を階段に認めたときから、客間のなかにはさっと緊張の気がみなぎった。ただひとり平然とうそぶいているのは古館博士だけである。さっき健啖ぶりを誇った松野田鶴子でさえかたくなり、スフィンクスの佐伯達子もいくらか頰をこわばらせた。それはかれらが内山警部補のたずさえている、白塗りの矢に気がついたからである。

「いやあ、どうもお待たせいたしました」

と、内山警部補はにこにこと愛想よく挨拶をすると、

「さっそくながらみなさんに見ていただきたいものがあるんですがね。と、いうのはほかでもない。この矢のことで……」

と、内山警部補が矢を前にさしだしたとき、恵子と滝子は声なき悲鳴をあげてうしろへたじろいだ。早苗も唇をふるわせている。

もうそこには血もついておらず、きれいにアルコールで消毒されていたけれど、それ

が透の心臓に突ったっていたという連想が、彼女たちをおびえさせるのである。

「ああ、それが透さんの心臓の上に突っ立っていたという矢なんですのね」

松野田鶴子も顔色こそ蒼ざめていたけれど、ことばつきはしっかりしていた。

「ええ、そうなんです。マダム。それでみなさんに見ていただきたいというのは、これが果たしてヨットの上から射られた矢か……すなわち、モーターボートの男に持ち逃げされた三本の矢のうちの一本かどうか、それをひとつ見極めていただきたいんですが……。被害者は確か白塗りの矢を用いたようだと、金田一先生はおっしゃるんですが……」

「ええ、透さんは白塗りの矢でした。ちょっと拝見」

と、松野田鶴子はおそれげもなく、その恐ろしい凶器を手にとると、つくづくと矢羽根から矢尻まで見まわしながら、

「ええ、確かにこの矢でしたわね。恵子ちゃん、滝子さん、ほら」

と、田鶴子は矢の一部分を指さしたが、ふたりが尻ごみするのを見ると、おかしそうに笑って、

「まあ、変なひとねえ。なにも怖いことありゃあしないじゃないの。血もなんにもついてないしさ。あたしたちはたいせつな証人にならなきゃならないのよ。ほら、この傷、確かに見覚えがあるわね」

恵子と滝子もこわごわ田鶴子のもっている白塗りの矢をのぞきこんで、

「ああ、それ、透ちゃんがとても気にしてたわね。コースが曲がりゃあしないかって」

「確かに透ちゃんの使った矢ね」

と、恵子も滝子もそれが透の矢であることを確認した。

「お聞きのとおりでございます。これは確かに伊沢さんが使用した矢に違いございませんけれど、これがどうして……？」

「いや、それはこれからおいおい研究していかねばならんのですが、先生、古館先生」

「ううん」

と、古館博士は気のない返事で、内山警部補のほうへ首をねじ向けた。

「この矢尻はものすごく研ぎすましてあるようですが、これは先生がお研ぎになったんですか」

「ああ、おれが研いだよ」

「いつ？」

「けさのことだがね」

「どういうわけで……？」

「どういうわけって、矢を使用する以上、矢尻を研いでおくのは作法だからね。せっかく的へ当たっても、矢尻が鈍っていて、的に突ったたなかったら、矢を使うひとに失礼じゃないか」

「ただ、それだけの意味で……？」

「もちろん、そうだよ」

「あの、主任さま」

田鶴子はいつの間にか刑事たちがこの警部補をつかまえて、主任さんと呼んでいるのを聞いていたとみえて、

「はなはだ差しでがましいことを申すようでございますけれど、この矢が凶器として用いられたとすると、あの矢を持ち逃げしたモーターボートの男が怪しいんじゃございますまいか。こんなこと、あたしから申し上げるまでもなく、金田一先生からすでにお聞きおよびのことと存じますけれど……」

「いや、ご注意ありがとうございます。その点ならばもうすでに手配りがしてございますので、おっつけ……」

と、内山警部補の語りつづけようとしているところへ、刑事がひとりあわただしく駆けこんできた。

「主任さん、主任さん、ちょっと……」

と、刑事がなにか耳打ちをすると、内山警部補の顔色にさっと緊張の気があらわれた。

「ああ、そう、それでいまどこに……？」

「そこへつれてきているんですが……」

「ああ、そう、すなおについてきたのかね」

「ええ、べつに暴れも抵抗もしませんでした。とても神妙なやつで……」

「ああ、そう、それはちょっと……金田一先生」

と、内山警部補が金田一耕助になにか耳打ちすると、金田一耕助も大きく眼をみはり、

「ああ、それはそれは……井筒（いづつ）さん、それはお手柄でしたね。それじゃ隣の応接室でもお借りして、ききとりをなすったら……」

「古館先生、隣の応接室、お借りしてもよろしいでしょうね」

「ああ、いいよ。こうなったら家じゅうきみたちの蹂躙（じゅうりん）に任せるよ」

「ありがとうございます。それじゃみなさん、このままでもう少々お待ちねがいます。すぐまた帰ってまいりますから。金田一先生、あなたもどうぞ……」

金田一耕助という男をまだよく知らぬ高見沢康雄と神部大助は、内山警部補の態度が慇懃丁重（いんぎんていちょう）をきわめるのを見て、不思議そうに眼を見かわせている。

金田一耕助はしかしべつに得意そうでもなく、

「ああ、そう」

と、気軽にいって立ちあがった。

一同が玄関に出てみると、刑事に腕をとられて、ひとりの男が真っ蒼になってふるえていたが、それは十八、九のまだほんの子供だった。

「やあ、古川君、お手柄だったね。それじゃこっちの応接室を借りてその子の話を聞こう」

古川刑事が内山警部補と金田一耕助のあとからふるえおののく少年を応接室へつれこむと、井筒刑事が用心ぶかくドアをしめた。

「金田一先生、この子でしたか」

と、内山主任に尋ねられて、

「さあ。……」

と、金田一耕助は小首をかしげて、

「なにしろ、鳥打帽子とマフラで顔を隠していましたから、そうはっきりとは……」

「おい、きみ、名前はなんというんだ」

と、内山警部補は少年のほうへ向きなおった。

「はっ、八木健一といいます」

「職業は……？」

「はっ、ちどり貸しボート屋で働いております」

「貸しボート屋の事務員……？　それで、きょうここの沖で三本の矢を盗んで逃げたのはきみなんだね」

「はっ、どうもすみません。ぼく頼まれたもんですから。……」

と、少年は蒼くなってしきりに腕で額をこすっている。玉のような汗がポタポタ流れた。とても大それたことをやれるような年ごろでもないし、人柄でもなさそうだ。

「頼まれたって、いったいだれに頼まれたんだ」

「それがぼく名前を知らないんです」

「えっ、名前を知らない？」

と、金田一耕助が思わずそばから口をはさんだ。

「きみの知らないひとだったの?」

「いえ、あの、きょうここへ遊びにきてるお客さんだってことはわかってるんですが、なんてひとか知らないんです」

金田一耕助は突然ドカンと背中をひとつ、ぶんなぐられたような気持ちだった。耳の奥で傍若無人な古館博士の哄笑が聞こえるような感じがした。

金田一耕助もまた高見沢康雄と同じく、あの矢盗人を古館博士のさしがねだとばかり思っていたのだが。……

「ふむ、ふむ、それでどういうふうに頼まれたのだい?」

金田一耕助が黙りこんでしまったので、内山警部補がかわって質問をすすめた。

「それはこうです。きょうのお昼ちょっと前でした。若い男のひとが店へやってきて、きょう午後からこの海上で、ヨットから射的が行なわれるが、自分がヨットの上からハンケチをふったら、的に当たった矢を全部抜きとって逃げてくれ。そうすれば三千円やろうと前金で払ってくれたんです。そのひとのいうのに、これは一種の遊戯だから、けっして心配することはない。ちょっと悪戯をしてやるだけのことだからって、そういうもんですから、ぼく、いわれたとおりやっただけのことなんです」

話を聞いているうちに、金田一耕助はしだいにうれしくなったのか、もじゃもじゃ頭に五本の指をつっこんで、無意識のうちにそれをかきまわしている。

「なるほど。それで……」

と、内山警部補は疑わしそうに、八木少年と金田一耕助を見比べながら、

「持って帰った矢をきみはどうしたんだい」

「はっ」

と、八木少年はしたたり落ちる汗をセーターの腕で横なぐりにふきながら、

「その矢の処分については、はじめべつに指令はなかったんです。ところがヨットがひきあげてから間もなく、そのひとから店へ電話がかかってきて、古館先生のお宅の裏木戸、裏山に面した木戸の内側の茂みのなかへ矢を持ってきて隠しておいてくれ。木戸をあけといて、石の下に二千円おいとくから、それを矢の代わりに持っていけって、そういう電話がかかってきたんです」

「それはいったい何時ごろのこと？」

「さあ、正確な時間はわかりませんが、四時半から五時までのあいだだったんじゃないでしょうか」

四時半から五時までのあいだといえば、ちょうど金田一耕助が部屋へさがって、バスを使っていた時刻である。

「それできみはそのとおりやったんだね」

「はっ、べつに悪いことだとも思いませんでしたから。……」

「電話がかかるとすぐ持ってきたの？」

と、金田一耕助がそばから尋ねた。

「はい」

「きみの店からこの家へ来るまで、およそ何分くらいかかるの?」

「自転車に乗れば三分とはかかりません。この家の窓からでも、ひと目に見える距離ですから。……」

「それできみに矢盗人を頼んだ男の人相風体(ふうてい)というのは……」

と、内山警部補が尋ねるそばから、

「主任さん、それよりいっそ面通しというやつをやってみたら……きょうヨットに乗っていたご連中は、みんなまだこの家にいるんでしょう」

と、古川刑事がそばから注意した。

「ああ、それがいいでしょう」

内山警部補が相談するような視線を向けたので、金田一耕助も軽く同意した。金田一耕助はなんだか心が騒ぐふぜいだった。

「それじゃ、きみ」

と、警部補は八木健一のほうへ向きなおって、

「きょうのヨットの客というのが、みんな隣の客間にいるんだがね。そのなかにきみに矢盗人を依頼した男があったら、そうだね、さりげなく頭へ手をやってくれたまえ。あとでどの男だか聞くからね」

「はっ」

固くなりながらも八木少年は、しだいに落ち着きをとりもどしてきたのか、汗もだいぶんひいたようだ。どうやら自分のやったことにたいして、それほど強くとがめられることはなさそうだと、たかをくくる気になったのだろう。

一同が八木少年をつれて客間のなかへ入っていくと、古館博士がびっくりしたように眼玉をくりくりさせて、

「やあ、健ちゃん、おまえどうしたんだい。なにかおまわりさんにひっぱられるような悪事でも働いたのかい？」

「いえ、あの、先生……今晩は……」

と、八木少年はもじもじしながら、ひとりひとり顔を見ていったが、その表情には内山警部補や古川刑事の予期したような反応はあらわれず、いかにも当惑したような様子である。

高見沢康雄と神部大助も不思議そうな顔をして、ジロジロと八木少年の顔を見守っている。

「ああ、主任さん、もうこれくらいでいいでしょう。八木君、御苦労。さあ、出ましょう」

金田一耕助にうながされて、客間を出ると、古川刑事がしかりつけるように、

「貴様、どうしたんだ！　おまえはけさの男の顔を見忘れたのかい」

と、低声で怒鳴った。

「だって、刑事さん、けさの男はあのひとたちのなかにいなかったんです」

と、八木少年はまた落ち着きを失って、泣き出しそうな顔をしながら、セーターの腕で顔の汗をこすっている。

「いなかったって、そ、そんな馬鹿な！」

「いや、主任さん、それでいいんですよ。ヨットの客がもうひとり、二階にいるじゃありませんか」

「き、金田一先生！」

内山警部補の声が大きくはずんで、金田一耕助を見つめる眼に恐怖にも似た光が走った。

「そんな……そんな……」

「いえ、ともかく、念のために八木君にいちおう見てもらおうじゃありませんか。それだけの価値はあると思うんですよ」

井筒、古川の両刑事も呆然として金田一耕助の顔を見ていたが、

「よし！　おまえいっしょに来い。主任さん、いいでしょう、金田一先生もああおっしゃるんですから。……」

と、左右から八木少年の腕をとらえた。

「ああ、それはいいが、しかし、こ、これはいったいどうしたというんだ」

内山警部補はうめくようにつぶやきながら、一同のあとからついて二階へあがっていく。

さいわい、透の死体はまだ解剖にまわっていなかったので、自分の部屋のベッドの上に、毛布にくるまって横たわっていた。

左右から刑事に両腕をとられた八木少年は、恐怖におびえて、またしても滝のような汗を流しながら、

「刑事さん、刑事さん、かんにんしてください。ぼくをどこへつれていくんです。悪かったらぼくあやまります。あのお金も返してしまいます。……きゃっ！」

顔を白布でおおわれた、ベッドの上の死体の前へつきだされると、八木少年は蛙が踏みつぶされるときのような声を張りあげて、遮二無二、刑事の手をふりほどこうとする。

「きみ、きみ、八木君、なにも怖いことないよ。もう死んでるんだからね。生きてる人間のほうがよっぽど怖いよ」

と、金田一耕助がなだめながら、

「さあ、落ち着いてよく見てくれたまえ。きみに矢盗人を依頼したのはこの男じゃなかったかね」

金田一耕助が死体の顔から白い布をとりのけると、八木少年の眼がいまにもとび出しそうなほどふくれあがった。

「あっ、このひとです、このひとです。ぼくに矢を盗んでくれと頼んだのは、確かにこ

のひとに違いありません！」

第八章　二つの足跡

しばらくのあいだ、だれも口をきくものはなかった。

これはいったいどうしたことなのだ。この男はいったいなにをたくらんでいたのだ。三本の矢を八木少年に盗ませて、それをこの家まで届けさせ、それからなにをやらかそうとしたのか。

しかも、その矢で自分自身が射殺されようというのは、いったいいかなる悪魔の悪戯なのか。……

「おい、小僧さん」

と、古川刑事が咽喉にひっかかったような声を立てた。

「それゃあしかしほんとうだろうね」

「ほんとうです、刑事さん、ぼく、嘘なんかいいません。あっ、そうだ！」

と、八木少年は思い出したように、

「なんなら、美代ちゃんにもきいてください。このひとが店へやってきたとき、美代ちゃんもぼくといっしょにいたんです。美代ちゃんはあとで、気障なやつとかなんとかいってましたから覚えてるでしょう」

「美代ちゃんというのは……？」

内山主任が古川刑事に尋ねた。

「はあ、ちどり……貸しボート屋のちどりの看板娘なんですがね。それじゃ、健ちゃん、美代ちゃんもその話を聞いてたのかい？」

「いいえ、話のほうはこのひとがぼくを外へよび出してしたんです。だけど、美代ちゃんがしつこくきくもんだから、あとでぼく、これこれこうだって美代ちゃんに話したんですよ。そしたら美代ちゃんが危ながって、そんなことよしたほうがいいっていったんだけど、ぼく、もうお金ももらってしまったあとだし、それにべつに悪いこととも思わなかったし……それから、そうそう……このひとから電話がかかってきたときも、美代ちゃんが取り次いでくれたんです」

「なんといってこの男からかかったんだい。名前は名のらなかったんだろう？」

「ええ、ですからきょう矢のことを頼んだものだが……って、かかってきたらしいんです。そいで、ぼく、ちょうどそのとき店にいたもんだから、すぐ美代ちゃんに代わって電話に出たら、さっきいったような命令だったんです」

「電話の声はこの男の声だった……？」

そう尋ねたのは金田一耕助である。

八木少年はちょっとびっくりしたように、金田一耕助を見直したが、

「さあ、そんなこと……ぼく、このひとだとばっかり思って話してたんです。このひと、

とっても低い声でボソボソいうんで、向きあって話しててもよく聞きとれないことがあるんです。ですから電話ではいっそう聞きとりにくかったんです」

「この家の電話はどこにあるんですか。客間と応接室のあいだにあるようですが、あれだけですか」

内山警部補が金田一耕助に尋ねた。

「いや、先生の書斎にもひとつあるんですが、それは外線に直結しているのではなく、みなさんが御覧になったあの電話からつなぐようになっているようです」

「ああ、そう」

内山警部補はこの錯雑した謎に圧倒されたかのように、しばらく小鬢をかいていたが、

「だいたい、この子のいうことにまちがいはなさそうだ。それじゃ、古川君」

「はあ」

「きみ、この子をちどりまで送っていって、ついでに美代ちゃんという娘からも話を聞いてくれたまえ。なんならここへその娘をつれてきて、被害者の顔を見せてもいい」

「はっ、承知しました。健公、行こう」

「あの……ちょっと……」

と、八木少年はもじもじしながら、

「ぼく……あのお金、もらっといてもいいのでしょうか」

「ああ、いいよ、死人に返すわけにもいかんだろう。その代わり呼び出しがあったら出

頭するんだぞ」

「はい。……」

八木少年ははじめて安心したように、古川刑事にともなわれて、この恐ろしい部屋から出ていった。

「金田一先生、これはいったいどういう意味です。この男はあの小僧に三本の矢を盗ませて、いったいなにをやらかそうとしたんです」

「それはねえ、主任さん」

と、金田一耕助は死人の顔に白い布をかけてやりながら、

「この男はおそらくきょうの競技に自信がなかったんでしょうね。ひょっとすると高見沢か神部に負けやぁしないかと思ったんでしょう。しかし、みすみす早苗さんをひとにとられるのは悔しいものだから、矢を抜きとってしまえば、あとに問題は残らんだろうと考えたんでしょうね。そういえばこの男だけが、けさ、みんなといっしょに自動車で来ながら、気分が悪いとかなんとかいって、ひと足おくれてこの家へやってきたんです」

「しかし、金田一先生、その矢をここへ届けさせたというのは、いったいどういう魂胆があったんでしょう」

「さあ、それはぼくにもわからない」

金田一耕助はぼんやり考えこみながら、

「しかし、盗まれた三本の矢が、この家へ帰ってきた順序はこれでわかったわけです。

問題はだれがその矢を凶器として用いたか……」

そこまでいって金田一耕助が、急にはげしく身ぶるいをしたので、内山警部補が怪しむようにその顔を見直した。

「金田一先生、なにか……？」

「いや、いや、いや」

と、耕助は生唾を飲みこみながら、

「ぼくのいいたかったのは、この家へ帰ってきた三本の矢のうち、見つかったのは一本だけです。あとの二本はどこにあるのか……」

「あっ、そうだ、井筒君」

と、内山主任は井筒刑事をふりかえって、

「裏木戸のすぐ内側の茂みのなかを捜してくれたまえ。ひょっとすると、あとの二本はまだそこにあるかもしれない」

それから、金田一耕助のほうをふりかえって、

「とにかく、われわれも階下へおりましょう」

金田一耕助もうなずいて、無言のまま警部補のあとから階段をくだっていった。

「ときに、金田一先生」

と、内山主任は階段の途中で立ちどまって、

「あの脅迫状をよこしたO・Jという男ですね。あの男がやったという可能性は考えら

れるでしょうか」

「さあ、それはどうでしょうかねえ。約束の会見をして、談判が破裂したあとならともかく。……」

「わたしもそう考えます。そうすると、やはりいまここにいる御連中のアリバイ調べやなんか、やらなきゃあならんでしょうな」

「それはもちろん、ひととおりお尋ねになるんですね。さっきも申し上げたように、古館先生と加納君には確かなアリバイがあるんですが……」

ふたりが階段をおりてきたとき、さっき裏庭のほうを調べにいった川合刑事が、廊下の奥から興奮の面持ちで駆けつけてきた。

「主任さん、これ……」

見ると川合刑事は一挺の弓をぶらさげている。

「あっ、それ、どこにあったの？」

「裏の雑木林のなかに落ち葉で隠すようにしてあったんです。それにちょっと妙なことがあるんですがね」

「ああ、そう、それじゃこっちへ来たまえ」

内山警部補と金田一耕助は川合刑事をともなって応接室のなかへ入った。

内山警部補は川合刑事が用心ぶかく、うしろのドアをしめるのを待って、

「川合君、妙なことというのは……？」

「はあ、まずこれを見てください」

たぶん指紋を消さぬ用心だろう、弦のほうをぶらさげてきた弓を、注意ぶかくそっとデスクの上におくと、川合刑事はポケットから、ハンケチ包みをとりだした。

それをひらくとなかから出てきたのは、まだ真新しいピースの吸い殻が三本、夜露にぬれた跡もなく、先端をもみつぶされてころがっていた。

「この吸い殻、全然湿りけをおびていないでしょう。だから、これがあそこへ捨てられてから、まだ一、二時間きゃあたっていないと思うんです。それに大きな男の靴跡が行きつもどりつしていたらしく、はっきり残っているんです」

「その靴跡はこの弓が隠してあったあたりにも残っていましたか」

と、金田一耕助が尋ねた。

「いや、ところがそのへんは落ち葉がうずたかく積もっているので、だれかが歩いたとしても足跡は残らないんです。ところが主任さん、妙なことというのは……」

と、川合刑事はドアの外を気にしながら、

「雑木林のなかに残っているのは、男の靴跡ばかりではなく、女の靴跡……それも踵の高い女の靴跡がところどころ残っているんです」

「女の靴跡が……？」

内山警部補も思わず声をひそめた。金田一耕助も耳をそばだてる。

「ええ、そうなんです。その靴跡がどこから来て、どっちへ行ったかはっきりはわからないんです。なにしろ雑木林のなかはものすごい落ち葉の山ですし、それにここんところ日和つづきで、林の外は道が乾ききっていますし、……しかし、この家の裏木戸から出入りしたんじゃないかと思われるふしは多分にあるんです」

金田一耕助と内山警部補は、思わずしいんと顔見合わせる。

ハイヒールをはいているとすれば、佐伯達子やこの家の女中であるはずがない。早苗かしからずんば三人の婦人客、すなわち松野田鶴子とふたりのバレリーナの卵、相良恵子と河合滝子たちのうちのだれかに違いないが、三人の婦人客のうちのだれかが裏木戸から出入りをしたとは思えなかった。

第一、それは時間的に不可能である。あの三人が到着してから事件が発見されるまで、金田一耕助は終始行動をともにしていた。かれらから眼をはなした時刻といえば、耕助が入浴しているあいだだけなのだが、その時刻にはかれらもまたバスを使っていたはずである。

ひょっとすると早苗が午前中にでもそぞろ歩きをしたのではないか。……

「いや、それはいちおうよく調べてみなければならんが……」

と、内山警部補はいささか混乱のていで、

「それで、ここから出た婦人がこの吸い殻の主と会ってるというような痕跡があるのかね」

「いや、そこまではよくわかりませんが、ある地点、つまり足跡がいちばんくっきり残るような場所では、ふたつの靴跡が交錯しているんです」

「なるほど、そうするとこの家にだれか内通者がいるのかな」

金田一耕助も当惑したような顔をして、しばらくぼんやり考えこんでいたが、やがてその眼をデスクの上においてある弓の上へ落とした。それは確かにきょうヨット競技に出かける前に、玄関の下駄箱の上へおきざりにしていった三挺の弓のうちの一挺らしかった。

金田一耕助は漆塗りの弓の表面をすかしてみながら、

「ひょっとすると、ここに指紋が残っているかもしれませんね。いちおう調べておかれたら……」

「いや、わたしもそのつもりで、弦のほうをぶらさげてきたんです」

川合刑事はいうまでもないといわぬばかりの口吻である。

「しかし、金田一先生、これゃあどういうことになるんです。犯人はあそこでゆうゆうと、たばこを三本も吸いながら、時刻の来るのを待っていたということになるんですか」

そのことが金田一耕助をも同じように悩ませるのである。

そこに男のうろつきまわった跡があり、たばこの吸い殻が落ちており、さらに落ち葉の下に弓が隠してあった。それでなにもかも平仄が合っているようで、その平仄の合いすぎているのがかえってかれを当惑させるのである。さらに踵の高い靴跡とくると、いよいよもって不可解である。

「ねえ、主任さん、これはきっとこの家のなかにいる女のだれかが、外に待っている男に、弓と矢を届けてやったに違いありませんぜ。そこで男が弓に矢をつがえて……」

川合刑事はしたり顔だったが、しかし、それも少しうがちすぎた考えのように思われる。伊沢透を殺害するのが目的なら、もっといくらでも手段がありそうに思われる。そのようなめんどうで、露見の危険の多い手段を選ばなくてもよさそうではないか。……

そこへドアをノックする音が聞こえて、裏木戸へ矢を捜しに行った井筒刑事が顔を出した。

「主任さん、どこにも矢は見つからないんですけれど……」

井筒刑事のことばを聞くと、金田一耕助は忘れていたことを思い出したように、

「ああ、主任さん、大急ぎで失われた二本の矢を捜しだすように手配してください。たとえこの家を家捜しするような結果になっても……」

さっきから金田一耕助の脳裏に悪夢のようにからみついているのは、三本の矢が三本とも、おそろしく鋭利に研ぎすましてあったことである。そこになにか重大な意味があるのではないか。それにもうひとつ、金田一耕助の脳裏に悪夢の影を重ねるのは、ゆうべ古館博士から聞いたユリシーズの物語である。

ペネローペの求婚者が、かたっぱしから矢で射殺されるというあの話に、なにかこんどの事件の暗示があったのではないか。

金田一耕助はなにかしら、胸中にみちあふれてくる潮に、おし流されそうな圧迫を感

じていた。

内山警部補は怪しむように、金田一耕助の顔色をさぐっていたが、それでもすぐに刑事を集めて、二本の矢を捜索するようにと厳重な指示を与えた。

「ところで、金田一先生、この弓ですが、これ、玄関の下駄箱の上におっぽりだしてあった弓の一挺でしょうか」

「はあ、ぼくにはそう思われるんですが、いちおう、古館先生はじめみなさんに見せて確かめておかれたら……」

「じゃあ、そういうことにしましょう。川合君、きみも来たまえ」

それから三人は改めて客間のなかへ入っていった。

第九章　九人の群像

客間のなかではあいかわらず、九人の男女がぎごちない群像をつくっていた。それはおのずから四つのグループを形成している。

その第一は古館博士を中心とするグループで、松野田鶴子と佐伯達子が左右にひかえている。田鶴子はもう惨劇のショックもうすらいだのか博士を相手にウイットにとんだ会話のやりとりをしていたが、そのあいまあいまに佐伯達子に話しかけることを忘れなかった。それにたいして達子はごくわずかしか返事をしなかったが。……

第二のグループは早苗を中心として、その左右に恵子と滝子がひかえている。ただし、このグループは独立しているというよりも、第一のグループと密接なつながりをもっていて、それに直属しているといってもよかった。恐れを知らぬ古館博士は、もうすっかり落ち着きをとりもどして、持ちまえの諧謔で恵子や滝子をからかったりした。

第三のグループは加納三郎ひとりである。

しかし、このグループも完全に独立しているのではなく、ときおり第一のグループや第二のグループの会話のなかに巻きこまれた。しかし、多くの場合、かれはただぼんやりと考えこんでいた。

第四のグループ。これこそ完全独立である。高見沢康雄と神部大助のふたりは、他のグループから完全に無視されて、いきおいふたりで同盟を結ぶような結果になってしまった。

それでも高見沢康雄は未練たらしく、ときおり第一のグループや第二のグループに話しかけるが、それらの会話はすぐ接ぎ穂を失って見捨てられてしまう。そのたびに高見沢は面目を失って、蒼白い怒りの炎に面をひきつらせ、神部大助はにやにやと締まりのない薄ら笑いを浮かべた。

金田一耕助と内山警部補、それから川合刑事が弓の弦をぶらさげて、客間のなかへ入ってきたのは、そういうグループの分布状態がはっきり形成されてからのことだった。

ドアがひらく音にふとそのほうをふりかえった松野田鶴子は、川合刑事のぶらさげて

いる弓に眼をとめると、

「ああら、すてき、こんどは弓が見つかったんですのね」

と、両手をうってあでやかな嬌声を投げつけた。

そのひとを食ったような嬌声に、川合刑事はギロリと眼を光らせ、内山警部補はちょっとたじろいだ。

「ああ、いや、どうやらこれで弓と矢がそろったようです。それで……」

と、警部補はいささかギクシャクした態度で、

「古館先生はじめみなさんに、一度この弓を見ていただこうと思いまして……これが果たしてあの玄関におきすててあった弓の一挺かどうかということを……」

「どれどれ……」

と、古館博士が立ってそばへより、川合刑事のぶらさげている弓を手にとろうとすると、

「あっ、先生、この弓にさわらないでください。指紋がついてるかもしれませんから。さわるなら弦のほうを持ってください」

川合刑事が口をとんがらして、ぶっきら棒に抗議した。

「ああ、そう、失敬、失敬」

古館博士はすなおに相手のことばにしたがった。弦のほうを手に持って、と見こう見弓を調べていたが、

「ああ、高見沢君、ちょっと……」

と、第四グループのほうをふりかえった。

「はあ。なにか用ですか」

高見沢はふてくされたような格好で、のっしのっしと博士のほうへ歩いていく。

「きみだったね、ここにほんのちょっぴり傷のあるのが気にいらんといって、おれの愛蔵の弓に難癖をつけたのは……」

高見沢は博士の指さすところをのぞきこむと、

「ええ、そう、なんだかへなへなしているうえに、そこからポッキリ折れやぁしないかと思ったもんですから」

「この野郎、てめえたちの力でこの弓が折れてたまるもんかてんだ。いや、失礼、内山君、これは確かに玄関におきすててあった弓の一挺に違いありません」

それだけいうと古館博士はさっさともとの席へ帰った。

高見沢もそれにつづいて自分の席へもどろうとしたが、急に気がついたように立ちどまると、

「刑事さん、その弓から指紋をとるんですか」

と、おびえの色を面に走らせる。

「ええ、まあ、念のために……」

「しかし、それなら当然、ぼくの指紋がついておりますよ。ぼく、きょうヨットへ出発

する前に、玄関先でその弓を引いてみたんです。そのことならここにいるひとたち、みんな知っているんです。なあ、恵子ちゃん、お滝さん」

しかし、恵子も滝子も返事をしなかった。返事をしないばかりかそっぽを向いてしまった。

「ちっ、なんだい、意地悪、マダム、マダムは覚えているだろう？」

「はあ、あたしはあなたが弓を引くまねをしてるところは見ましたけれど、それがいま刑事さんのぶらさげていらっしゃる、その弓だかどうだか、そこまでは保証いたしかねます」

松野田鶴子も意地悪く、ねちねちとした切り口上でひらき直った。

「ちっ、あんなことをいって……あんなことをいって……」

「いいよ、いいよ、やっちゃん、てめえなにをそんなにびくびくしてンだ。おれが証明してやるから安心してろ。内山君、いまその男のいったとおりです。そこには当然その男の指紋がついているでしょうから、どうぞその点、考慮にいれておいてやってください」

「先生、ありがとう」

高見沢は憎らしそうに松野田鶴子をにらんでおいて、こそこそと自分の席へ帰っていった。

しかし、あいにくそのとき松野田鶴子は、コンパクトをのぞきこんで、鼻の頭をパフでたたいている最中だったので、かれのニラミがきいたかどうか疑わしいものである。

「いや、どうもありがとうございました」

と、内山警部補はだれにともなく頭をさげておいて、

「それじゃ、これがきょう玄関におっぽりだしてあった弓の一挺に違いないとして、もうひとつお尋ねしたいというのは、みなさんがヨットからお帰りになったとき、そこに弓が三挺あったかどうか。……」

「さあ、それはどうかな」

と、古館博士は後頭部をたたきながら、

「少なくともおれは気がつかなかったな。だれか気がついたものがある？」

博士は一座を見まわしたが、だれもそれにたいして返事をするものはなかった。

古館博士は思い出したように、

「ああ、そうそう、この連中に聞くよりも、金田一先生にお尋ねするほうが近道だ。金田一先生、あんたどうなの、気がつかなかった？」

「いやあ、それが先生、ぼくもついうっかりしておりまして。……」

「金田一先生が気がおつきにならないくらいなら、あたしたちにお尋ねになっても無理ね。あの主任さま」

と、松野田鶴子はしなを作って、あでやかな眼を警部補に向けた。

「は、はあ……」

内山警部補はこの高名なバレリーナから、甘ったるい声で主任さまと呼ばれるたびに、背中がムズムズする感じなのである。

「これはもう金田一先生からお聞きおよびのことと存じますけれど、ヨットからここへ帰ってきたときのあたしどもの心理状態からいって、とてもそのような些細な……些細なと申し上げては失礼でございますけれど、弓が二挺だったか三挺だったかというようなことに、注意をふり向けるような余裕はなかったのでございますの。どうぞ悪しからずおぼしめしてくださいまし」

ゼスチュアたっぷりな田鶴子の釈明に、

「いや、もう、ごもっとも、ごもっとも」

内山警部補はへどもどして、汗をふかんばかりの格好である。

金田一耕助は興味ふかい眼つきで、田鶴子のこの演技を見守っていたが、その眼を佐伯達子に移すと、

「しかし、ママさん、あなたはどうです。あなたは万事よく気のつくひとだが、われわれが帰ってきたとき、玄関へお迎えに出られたが、そのとき弓が……」

「金田一先生、なんぼなんでもそれは無理よう」

と、またしてもそばから口をはさんだのは田鶴子である。

「あのときの早苗さんの顔色を御覧になったら、いかにママさんがよく気のつくかただって、弓が二挺あるか三挺あるかなんて、そんなのんきな勘定していられるとお思いに

なって？」

「はあ、あのまことに無調法ですけれど、つい気がつきませんで……」

佐伯達子は消えいりそうな声で、田鶴子のあとから付け加えた。

金田一耕助もうなずいて、それきり黙りこんでしまう。

「ああ、いや、なるほど、なるほど」

と、内山警部補も意味なく首をふりながら、

「それでは弓の問題はこれくらいにしておいて、ここでみなさんにひととおり、お尋ねしておきたいことがあるんですが……」

「あの、主任さま」

と、田鶴子が小首をかしげて、また甘ったるい声を出した。

「どういう御質問にでもあたしども、正直にお答え申し上げますけれど、とにかくそこへお掛けになってくださいません？　そうして立ちはだかっていられると、あたしはともかく、この娘たち、すっかりおびえきっているものでございますから……金田一先生も、それから刑事さまもどうぞ」

「あっはっは」

と、古館博士は思わず失笑して、

「いや、どうも失礼。しかし、これは松野先生のおっしゃるとおりだ。内山君、そこへ掛けたまえ。金田一君、いやにしゃちこばってるじゃないか。刑事君もどうぞ。そうし

ておたがいに腹蔵なく話しあおうじゃありませんか」

「あっはっは、いや、これはどうも」

金田一耕助はペコリとひとつお辞儀をして、かたわらの椅子をひきよせた。

川合刑事はいまいましそうな視線を、ギロリと田鶴子の面にくれると、

「主任さん、わたしはこの弓を鑑識のほうへまわしてきたいんですが……」

「ああ、そう、じゃ、そうしてくれたまえ。その代わりだれかここへひとりよこしてほしいんだが……」

「承知しました」

川合刑事はもう一度、そっぽを向いた田鶴子の横顔に、ギロリと不穏な一瞥をくれると、そそくさと客間から出ていった。

と、入れ違いに入ってきたのは井筒刑事である。刑事は無言のまま一同に頭をさげると、ドアのそばへ椅子をひきよせ、どっかとそれに腰を落とした。

「ええ、それじゃはじめますが……」

と、内山警部補はすっかり田鶴子に奪われた主導権を、とりもどそうとするかのように威厳をつくろって、

「この事件の犯人は、むろん外部から来たものと思うのですが、いちおう念のために、犯行のあったと思われる時刻、すなわち、五時から六時までのあいだのみなさんの行動を聞かせていただければ……と、思っているんですが……」

「五時から六時までのあいだというのはどういうんです？　われわれがこの家へ帰ってきたのは四時半だったが……」

と、高見沢がふてぶてしい顔色で口をはさんだ。

「いや、それはこういうわけなので……今夜ここに金田一先生というひとがいられたおかげで、われわれはずいぶん手数が省けるんでしてね。金田一先生のお話によると、先生がバスを使って五時ごろ部屋を出たところで、バッタリと被害者に出会った。そして、被害者が自分の部屋へ入るところを見送って、階下へおりて来られたというのですから、五時にはまだ被害者は生きていたわけです」

「ああ、そう、しかし、五時まであいつなにをしていたのかな」

と、高見沢は疑わしそうに金田一耕助の顔色をさぐっている。

「いや、それはともかく、そうして金田一先生がおりてこられると、ここに古館先生と加納さんが話をしていられた。それから六時前後に佐伯達子さんが死体を発見されるまで、金田一先生は一度も古館先生と加納さんのそばをはなれなかったとおっしゃいますから、このおふたりには完全にアリバイがあるわけです。で、ほかのかたがたの……」

「ああ、ちょっと」

と、古館博士がさえぎって、

「ママ、ママにもアリバイがあるんじゃないの。ママは金田一先生がおりてくると間もなく、伊沢君の部屋へ行ったね。ことづかった手紙を渡しに……そのときはまだ伊沢君は生きてたんだろう」

「はあ、それはもちろん」

と、佐伯達子は低いながらも、落ち着いて、しっかりした声で答えた。

「あのとき、ママは二階へあがっていったかと思うとすぐおりてきたね。これは金田一先生も覚えていらっしゃると思うが……」

「はあ、よく覚えております」

と、金田一耕助もうなずいたが、急に思い出したように、

「そうそう、ママさん、そのとき伊沢君はバスを使う支度をしていたという話でしたが、バスタンクに湯を入れていたようでしたか」

佐伯達子はちょっと考えたのち、

「はあ、そうおっしゃれば、バスタンクに湯の落ちる音がしていたようです」

と、落ち着きはらった声音だった。

「いや、どうもありがとう」

金田一耕助が頭をさげて口をつぐむと、古館博士がまたそのあとをひきついで、

「それで、ママは二階からおりてくると、そのまま台所のほうへ行ったようだが、それからわれわれのところへ食事の用意ができたということを知らせに来るまで、台所をはなれた？」

「いいえ、ずうっと台所におりました。とても忙しかったものでございますから」

「それじゃ、君やや、菊やが証人になってくれるね」

　君やと菊やというのは二人の女中である。

「それはもちろん、なってくれると思います」

「内山君、お聞きのとおりだ。このひとはリストからはずしてもいいんじゃないかな。もしかりにここにいる御連中を容疑者としてにらんでいるとしても……」

「ああら、心細いわ、先生」

　と、松野田鶴子が鼻を鳴らした。

「どうして？　マダム」

「だって、こういうときにはお仲間が多いほうがいいわ。ママさんひとりお抜けになるだけだって、あたしたちにかかってくる容疑のパーセンテージはそれだけ濃くなってくるじゃございません？」

「マダム。いや、松野さん」

　と、内山警部補は田鶴子のほうへ渋面を向けて、

「それじゃ、まずあなたからお伺いしましょうか。ヨットから帰ってこられて、死体が発見されるまでのあなたの行動を……？」

「ああら、それじゃあたしが第一の容疑者というわけですの。でも、あたし弓はだめなんですのよ。それに透ちゃんてひと、いけすかないやつだとは思ってたんですけれど、まさか殺そうとまではね。でも、せっかくのお尋ねですから申し上げましょう」

と、田鶴子はちょっと眼をつむって考えるふうをすると、

「四時半にこちらへ帰ってまいりましたあたしどもは、それから間もなく、恵子ちゃん滝子さんの三人で、お二階へあがっていきました。あたしどもはそれぞれあてがわれたお部屋へひきとる前に、ちょっと早苗さんのお部屋のドアをノックしましたけれど、なかから御返事がなかったので、そのままめいめいのお部屋へひきとりました。あたしのお部屋は早苗さんのお部屋のすぐ隣で、したがって伊沢さんのお部屋と向かいあっております。あたしはお部屋へ入っても、早苗さんのことが気になって、すぐバスを使う気になれず、お隣の早苗さんのお部屋のほうへ注意しておりました。そしたら、早苗さんのお部屋のドアがあいたような気がしたので廊下をのぞいてみると、それはそうではなく、金田一先生があがってこられたのでした。そのときのことは金田一先生も覚えていらっしゃると思いますけれど」

「はい、よく覚えております。マダム」

と、金田一耕助が相槌をうつ。

「はあ、ありがとうございます。それで金田一先生とふた言三言お話をして、ドアをしめたのですけれど、まだバスを使う気にはなれません。それからまたしばらく早苗さんのお部屋の気配に気をくばっていたんですけれど、いつまでそんなことをしていてもしかたがないと気がついたので、思いきってバスルームへ入っていったのです。それですからこのひとたちが……」

　と、恵子と滝子を顎でしゃくって、

「バスをすましてあたしの部屋のドアをノックしてくれたとき、あたしはまだシャワーをかぶっていたので気がつかなかったのでした。それで、二度目にこのひとたちがノックしてくれたとき、やっと身支度ができたところで、それで三人そろって部屋を出ると、念のために早苗さんのお部屋をノックすると、こんどはお返事がございました。それでお食事は六時からだそうですから、それまでに支度しておりていらっしゃいと御注意しておいて、恵子ちゃんや滝子さんと階下へおりてきたのでした。ちょうどそのとき客間の時計をみると五時二十分でした。それからあとのことは金田一先生もよく御存じでございます」

　と、そこでことばを切りかけたが、急に思い出したように、

「ああ、そうそう、あたしが部屋から出てきたとき、伊沢さんのお部屋からシャワーの音が聞こえていました。それで恵子ちゃんだったか滝子さんだったか、男のくせにずいぶん長湯なのねといったのを覚えております」

「先生、あれは滝子さんよ」

　と、相良恵子がくちばしをいれた。

「あたしはまた透ちゃんが五時ごろまで、階下でうろうろしてたとは思わなかったものですから」

　と、河合滝子がかたくなって付け加えた。

第十章　オネスト・ジョン

「なるほど」

と、内山警部補は小鬢をかきながら、

「それじゃあなたは四時半ちょっとすぎにお部屋へおさがりになってから、このおふたりが二度目にノックするまで、一度もお部屋を出たり……つまり、その、階下へおりたりはなさらなかったでしょうね」

「あら、いやだ。そんなことしたら風邪ひいちゃうじゃないの」

と、田鶴子は思わず蓮っ葉な調子でいってのけてから、

「いいえ、あの、主任さま、絶対にそんなことはございませんでした」

と、改めていい直した。

「いや、失礼しました」

と、内山警部補はいくらか頬を染めて、

「それじゃ、ついでといっちゃなんですが、御婦人から先に片づけましょう。あなたがたは……？」

と、警部補に鋒先を向けられて、恵子と滝子はかたくなりながら、同じようなことを申し立てた。

すなわち、ふたりとも部屋へさがるとすぐにバスを使った。そして、まず滝子が先に部屋を出て、恵子の部屋をノックした。そのとき恵子もすでに風呂からあがって身支度をしていたところだったので、滝子はなかへ入って恵子の身支度の終わるのを待った。それからふたりそろって田鶴子の部屋をノックしたが、なかから返事がなくてシャワーの音が聞こえたので、ふたりはもう一度恵子の部屋へひきかえした。恵子の部屋は田鶴子の部屋の隣なのである。すると、しばらくして田鶴子の部屋からハミングの声が聞こえたので、ふたりは改めて田鶴子の部屋をノックした。それからあとは、さっき田鶴子がいったとおりだというのである。

「あたしたちもそのあいだに、風邪をひくようなまねは絶対にしませんでしたから、その点どうぞ御信用くださいまし」

恵子もだいぶん落ち着いたのか、最後にちょっぴり皮肉を付け加えたので、田鶴子は思わずふきだしそうになり、あわててハンケチで口をおさえた。

内山警部補は苦虫をかみつぶしたような渋面をつくって、

「それじゃ、お嬢さん、こんどはあなたの説明をどうぞ。……こういうことはほんの形式だけのことですから……」

「はあ」

と、早苗はいくらか体をかたくして、

「あたしは四時半ごろここへ帰ってくると、すぐ二階のお部屋へさがりました。それから間もなく先生……松野先生や恵子さん、それから滝子さんたちがノックして、名前を呼んでくだすったのを知ったんですけれど、それにたいして御返事申し上げる気にもならなかったのです。あたし、あの、疲れて、とても気分が悪かったものですから。……先生、ほんとうにあのときは失礼申し上げました」

田鶴子のほうに頭をさげて、早苗の声はちょっとふるえた。

「あら、いいえ、そんなことはいいのよ」

田鶴子は励ますような調子である。

「はあ、あの、それからあたし、ずいぶん長いあいだぼんやりしておりましたの。そしたら、いま先生がお話しなさいましたように、先生たちが二度目に声をかけてくださいまして、食事は六時だからそれまでに支度をしておりていらっしゃいって……それで、はじめてバスを使って、やっと身支度ができたところへ、恵子さんと滝子さんがお迎えにきてくだすったのです。あたしの申し上げることはそれだけでございます」

早苗の調子はまるで興味のない本を棒読みするように、なんの感情の起伏もあらわさず、話し終わると眼をつむって、だれにともなく頭をさげた。

「いや、ありがとうございました」

と、警部補もそれにたいして頭をさげると、

「それじゃ、こんどはきみたちの話を聞かせてもらおう。高見沢君だね。高見沢君、まずきみから。……」

「いや、ぼくの話だって、御婦人とおんなじですよ。四時半すぎこのひとたちよりひと足おくれて部屋へさがると、バスを使って出てきたんです。ただ、それだけのことですよ」

高見沢が吐きすてるようにいったあとから、

「ぼくも高見沢君とおんなじです」

と、神部大助がいくらかかたくなって付け加えた。

「しかし、きみたちがおりてきたのは、御婦人連中よりおそかったというが、きみたちは男のくせに御婦人より長湯なのかね」

「そりゃあ、御婦人たちと違ってわれわれには、ひげそりという仕事がありますからね」

「きみたちは夕方ひげをそるのかね」

「あれ」

と、高見沢はわざと眼をまるくして、

「知らないんですか、主任さんは？　紳士というものは朝ひげをあたって、それからまた夕方そるものなんです。ことにパーティーに出るような場合にはね。それが紳士のたしなみというもんでさあ」

ざまあ見ろといわぬばかりの高見沢の口調を受けて、

「ぼくもひげそりに手間がかかったんです」

と、神部大助もそりたての顎をなでながら、ひとを小馬鹿にしたようににやにや笑った。

内山警部補はかっと頰を紅潮させ、井筒刑事はギロリと眼を光らせた。

「あっはっは、主任さん、このひとたちはね、われわれと違ってお洒落なんです。ぼくなんかからすの行水ですけどね、それでも三十分近くかかりましたからね」

と、金田一耕助はざらざらとした頰っぺたをなでながら、

「ところで、高見沢君、あんたの部屋は伊沢君の部屋のすぐ隣だが、なにか変わった気配に気がつかなかった？ 伊沢君の部屋で窓をあける音とか、きゃっとかすんとかいうような声とか……」

「いいえ、全然」

「ぼくも……」

と、高見沢のあとから神部大助も付け加えてにやにや笑った。

「そうそう、さっきマダムの話にもありましたが、ぼくも透の部屋の前をとおりすぎるとき、シャワーの音を聞きましたよ。あれ、透のやつ、まだバスを使ってるのかと思ったんです」

「ぼくも……」

と、また高見沢のあとから神部大助が付け加えてにやにや笑った。

この男自分では笑うつもりはないのだろうが、口もとに締まりがないから、物をいうたびに笑っているように見えるのである。

「ときに、先生」

と、金田一耕助は古館博士のほうをふりかえって、

「先生はいつごろからあの客間にいられたんです？　先生が書斎から出てこられたとき、伊沢はまだそこにいたんでしょう」

「ああ、おれが書斎から出てきたのは、五時に十五分くらい前だったな。そのときここにゃだれもいなかったんだ。伊沢君はどこかへ電話をかけてたようだな」

「電話……？」

と、金田一耕助と内山警部補は思わずはっと顔見合わせた。

「先生、電話、どこへかけてたかおわかりじゃありませんか」

と、内山警部補は体をのりだした。

「さあ。……おれがここへ出てきたとき、ちょうど電話をかけ終わって、電話室から出てくるところだったんだ。なんだかおれの顔をみると、ぎょっとしたような顔をしたが、おれはべつにどこへかけたとも聞かなかったんでね」

「それから伊沢君はどこかへ出かけましたか」

「いいや、べつに、……ここにいておれと話をしていたんだよ。そしたら間もなく加納がやってきたので、伊沢は二階へあがっていき、いれ違いに金田一君がおりてきたという寸法だ。なあ、加納、そうだったなあ」

「はあ」

と、加納の答えは落ち着きはらっている。

そうすると伊沢透はまず裏木戸の石の下に二千円おいてきて、それから電話をかけたという順序になるのだろうか。

「ついでですが、加納さん、あなたそれまでどこでなにをしていられたんですか」

「ぼく……？」

と、加納はちょっとびっくりしたように、眼鏡の奥から金田一耕助の顔を見直したが、すぐ落ち着いた声音で、

「ぼくはヨットから帰ってくると、すぐ自分の部屋へ帰ったんです。これは金田一先生も御存じでしょう。ところが、ママさんがあとを追ってきて、ヨットの上の出来事をきかれるもんだから、あらましの話をしたんです。それからここへ出てくると、先生が伊沢君と話をしていられたというわけです」

「ところで、先生」

と、内山警部補はまじまじと古館博士の顔を見ながら、

「先生がここで伊沢君と話をしていられるあいだに、だれも二階からおりてきたものはないでしょうね」

「いいや、だれもおりてこなかったね。加納さんがいっしょになられてからでもよいのですが……」

「最初におりてきたのが金田一先生だ」

「この家にはそこにある階段以外、ほかに二階へあがったりおりたりする階段はないんでしょうね」

「ああ、御覧のとおりだ。残念ながら秘密の階段なんてこさえておかなかったんでね。だけど……」

と、そこで博士はむっくり体を起こして、

「いったい、どうしたというの。だれか二階からおりてきたものがないと都合が悪いのかい」

「いや、じつはそのことなんですがね」

と、内山警部補はいってよいものか悪いものかと、ちょっと思案をしているふうだったが、やがて決心したように、

「さっきここへ貸しボート屋の若いものをつれてきたでしょう」

「ああ、そうそう」

と、博士も思い出したように、

「あの子がなにかやらかしたのかね」

「はあ、じつはその……金田一先生、あなたからどうぞ」

内山警部補はこまごまとした説明や長話になると不得手とみえて、金田一耕助に助け舟をもとめた。

「ああ、そう」

と、金田一耕助は軽く受けて、椅子からちょっと身をのりだすと、

「それじゃぼくから説明申し上げましょう。きょう海上で三本の矢を持って逃げたモー

ターボートの男……あれがあの八木健一という少年だったんですね。ところがもちろん、それは八木少年の発意ではなく、ほかに頼み手があったわけですが、その頼み手というのがいま二階に殺されている伊沢透君なんです」

「な、な、なんですって？　あの伊沢君が……」

と、加納がはじかれたように上体を起こして、金田一耕助の顔を見直した。

いや、驚いたのは加納ばかりではない。ほとんどの連中が反射的に博士のほうをふりかえったところをみると、かれらの大部分があのことを博士の悪戯だとばかり思っていた証拠である。

博士は無言のままにやりと笑うと、

「ふむ、ふむ、それで……？」

と、腕白小僧のように眼玉をくりくりさせながら、おもしろそうに膝をのりだす。

「はあ、ところが四時半から五時までのあいだの時間に、伊沢君から電話がかかってきて、三本の矢をこの家の裏木戸のところへ届けておくようにといってきたんですね。八木少年の話によると、電話がかかってきてから三分ほどのあいだに、三本の矢をこの裏木戸のところへおいて帰ったというのです。ところが、いま先生のお話によると、伊沢君が電話をかけ終わったのが四時四十五分、すると四時五十分前後には三本の矢が、このお宅の裏木戸のところへおいてあったというわけになる。と、すると、その間に二階からおりてきたものがあるかないかということが問題になるわけです。主任さんはいまそのことを確かめていわれたんですね」

「ああ、なるほど」

と、古館博士は強くうなずいて、

「それで安心しました。それじゃ犯人はここにいる連中じゃあないね。問題の時刻に二階からおりてきたものは絶対にないし、また階下にいたわたしにしろ加納にしろ、ママにしろ、さっきいったようにりっぱなアリバイがあるんだから。……だれか伊沢君を脅迫してるらしい男があるというじゃないの？」

「ああ、そのことなんですがね」

と、内山警部補がひきとって、

「どなたかO・Jという頭文字をもった男を御存じありませんか。左の耳がつぶれて、眼尻に切れた跡があり、服装からいってボクサーあがりらしい男だそうですがね」

「オネスト・ジョンだ！」

内山警部補のことばも終わらぬうちに、
と、異口同音に叫んだ高見沢康雄と神部大助の顔にはさっと恐怖の色が走った。

第十一章　O・J現われず

「オネスト・ジョン？　オネスト・ジョンとはどういう男？」

内山警部補はさっと緊張した体をのりだす。金田一耕助もきっとふたりの顔を見比べた。

しかし、高見沢康雄と神部大助はすぐには答えず、たがいに顔を見合わせている。ふたりの面をおおうている恐怖の色からして、それがなみなみならぬ人物であることがうかがわれる。ふたりの額には冷たい汗さえにじみ出ていた。

「オネスト・ジョンとはどういう男ですか」

内山警部補が猜疑にみちたまなざしで、ふたりの顔を見比べながら、もう一度同じことを尋ねた。

金田一耕助が何気なく、腕時計に眼をやると、時刻はすでに九時になんなんとしている。

オネスト・ジョンが何者にもせよ、もうしばらくたつと、江の島へ渡る橋の付けぎわへあらわれるのだと思うと、耕助も一種のスリルを感じずにはいられなかった。

「高見沢君、いってくれたまえ。オネスト・ジョンとはどういう男？」

内山主任がみたび催促した。

「はあ、あの……オネスト・ジョンというのは……」

と、高見沢は額ににじんだ冷たい汗をぬぐいながら、

「ボクサーくずれの前科者で、このあいだ刑務所から出てきたばかりなんです。本名は駒田準というんですが、ボクサー時代ジョン駒田と名のっていたので、そこからオネス

ト・ジョンというあだ名がついたんです」

「ああ、あのジョン駒田……」

と、松野田鶴子が口走った。

内山主任はジロリとそのほうを見て、

「マダムもその男を御存じですか」

「はあ、あの、ジョン駒田ならリングで二、三度見たことがございます。たしか、ミドル級の選手権保持者でしたわね。だいぶん前にリングから姿を消したようですけれど……」

「そうです、そうです。拳闘をよしてから銀座裏のキャバレー『焰』で用心棒をしてたんですけれど、とってもすごいやつで、伊沢は戦々兢々だったんです。なあ、高見沢」

と、神部大助もこのたびばかりは、にやにや笑いもしていられず、高見沢とともに顔色がなかった。

「伊沢君はしかしなんだって、オネスト・ジョンという男にたいして、戦々兢々だったんですか」

内山警部補のするどい質問にたいして、高見沢と神部はまた顔を見合わせた。

「神部、おまえいえよ」

「おれ、いやだよ。オネスト・ジョンに恨まれるの怖いもん」

「だって、おまえがいいだしたんじゃあないか。伊沢があの男にたいして、戦々兢々だったってこと……」

ふたりが譲りあっているのを、内山警部補はいらいらしながら見ていたが、

「高見沢君、あんたから聞かせてください。万事あんたのほうが先輩のようだから。……」

「そら、見ろ」

と、神部大助はやれ助かったというように、締まりのない口もとでにやりと笑った。

「いやだなあ、先輩だなんて……」

と、高見沢はふてぶてしい微笑をとりもどすと、

「しかし、オネスト・ジョンがどうかしたんですか」

「いや、その男がきょうこの片瀬へ来てるらしい形跡があるんでしてね。それで、……？　お話をどうぞ」

と、内山警部補は強引に催促する。

「はあ、あの……オネスト・ジョンは『焰』で用心棒をつとめるかたわら、ヒロポンの密売に関係していたんです。それで、去年挙げられたんです。ところがオネスト・ジョンの細君……情婦ですな、情婦の朱実（あけみ）というのが、同じ『焰』でダンサーをしてるんです。伊沢がそれにモーションかけて、つまり仲よしになったんです。ぼくたち、ずいぶんよせよせといったんですよ。なあ、神部」

と、神部大助をふりかえった高見沢の眼には、なにかすばやい眼配せのようなものが

走った。

「うん、うん、そうだよ。あとの祟りが怖いもんなあ」

と、いいながら、神部はさりげない様子で額ににじむ汗をふいている。

「ところが運悪く朱実のやつが妊娠しちゃったんです。もちろんそれは搔爬しちゃったんですけれど、オネスト・ジョンが出てきてから、搔爬したってことがばれちゃったんです。それで相手が伊沢だってことがわかったもんだから、オネスト・ジョンがとても怒って、伊沢をつけまわしてるってこと、ぼくもうわさにきいてました。だけど……」

と、高見沢は額からしたたりおちる汗をおしぬぐいながら、

「ぼくがこんなことをいったってこと、だれにもいわないでください。オネスト・ジョンてとても凶暴なやつなんだから。……」

おびえきったふたりの顔色を見比べながら、松野田鶴子がひややかに口をはさんだ。

「だけど、高見沢さん、なにもそれくらいのことで、あんたや大ちゃんがそんなにびくつくことはないじゃあないの。ひょっとするとあんたがたも朱実というひとをなんとかしたんじゃあないの？」

「ば、ば、ばかな！　そんな、そんな……」

「マダム、かりそめにもそんな、そんな……」

ふたりとも周章狼狽、額から淋漓と汗が吹き出したところをみると、かれらも朱実と仲よしになった経験をもっているらしい。

それにしてもこのふたりが、これほどおびえるところをみると、よほどすごい、凶暴なやつに違いない。

「ほっほっほ。ごめんなさい。つまらない冗談をいって。……」

と、田鶴子は冷たく皮肉に笑って、

「主任さま、どうぞおつづけになって」

「はっ、いや、どうも」

内山警部補はどうやらこの田鶴子が苦手らしい。彼女から甘ったるいことばをかけられるたびに、お尻がムズムズする感じだ。思わずちょっとへどもどしたが、すぐに威厳をとりもどすと、ジロリと田鶴子の顔を見て、

「それではこんどはマダムにお尋ねしますが、マダムもオネスト・ジョンを御存じだそうですね」

「いいえ、オネスト・ジョンという名前は、今夜聞くのがはじめてでございます」

と、田鶴子は落ち着きはらっている。

「でも、ジョン駒田を……？」

「はあ、ジョン駒田なら二、三回リングで見たことがございます。あたし、これでもボクシング・ファンでございますのよ」

「ひょっとすると、マダムは個人的にもその男を御存じなんじゃありませんか」

「とんでもございません。ただ……」

「ただ……」

「はあ、いま高見沢さんからお話が出ましたので思い出したんでございますけれど、もとミドル級選手権保持者ジョン駒田が麻薬密売の件で検挙されたってこと、去年新聞で読んだように覚えております」

「ほんとうに個人的に御存じないんですか」

「存じません。ただリングでマッチを見ただけでございます」

「情婦の朱実というのは……？」

「そのかたの名前もいま聞くのがはじめてでございます」

「ほんとうでしょうねえ」

と、内山警部補は念をおした。

「はあ、ほんとうのことを申し上げているつもりでございますけど……」

と、田鶴子は内山警部補の瞳に浮かぶ深い猜疑の色を見て、不思議そうに小首をかしげながら、

「あの、どうしてでございましょうか。あたしがなにか嘘を申し上げているとでも……」

「いや、じつは……」

と、内山警部補はまじまじと、田鶴子の顔を見守りながら、ポキポキと木の枝でも折るように、一句一句に力をこめていった。

「いまから二、三時間前に、この裏山の雑木林を、大きな靴をはいた男が、歩きまわっ

た跡があるんです。その男はそこでたばこを三本吸っておりますから、あきらかにだれかを待っていたらしいんですが、われわれはそれがひょっとすると、オネスト・ジョンではないかと思っているんです。ところが一方この家の裏木戸から、ハイヒールをはいた御婦人が出向いていった跡があるんです。ですから、だれかこの家にいる御婦人が、オネスト・ジョンに会うために……」

「あら、まあ、あたしどうしましょう」

と、思わず口走った田鶴子の顔には、さっと恐怖の色が光った。

「そのハイヒールをはいた御婦人というのはあたしなんでございますのよ」

「マダム！」

と、内山警部補はさっと拳をにぎりしめ、金田一耕助もほほうというように眼をみはった。

「マダムはなんの用があって裏の雑木林へ……？」

と、内山警部補のするどい詰問にあって、田鶴子はいくらか頬をあからめながら、

「いいえ、あの、あたし、べつにオネスト・ジョンに会いに行ったわけではございませんのよ。じつは……」

と、ちょっと口ごもったのち、

「ほっほっほ、じつはちょっと金田一先生を出しぬいてあげましょうと思ったんですの」

「金田一先生を出しぬくとは……？」

「はあ、あの、金田一先生が名探偵でいらっしゃるということは、かねがねおうわさをうけたまわっておりましたでしょう。それで先生にさきがけて、なにか証拠を発見して、先生の鼻をあかしてさしあげましょう……と、まあ、そういうつもりで……」

「それはいつごろのことですか」

と、金田一耕助がにこにこしながらそばから尋ねた。

「みなさまが駆けつけていらして、金田一先生とごいっしょに二階へあがっていらしてから……その前に、伊沢さんが矢で射殺されて、バスルームの窓があいてるらしいということは、金田一先生やこちらの先生にお伺いしてたでしょう。それではてっきり裏山の雑木林からねらったに違いないと、……いわば駆け出し探偵の功名心でございますわね。そのことはここにいる恵子ちゃん滝子さんも知ってるんですの。このひとたちにも行ってみないいって誘ったくらいでございますから」

「そうなんですの」

と、恵子もそばから相槌をうって、

「あたしたち、そんな怖いことおよしなさいっておとめしたんですけれど……」

「先生はこういうばあい、とても物好きなところがおありなかたなんですの」

と、滝子はちょっとにがにがしげだった。

「ほっほっほ。あたしって女、野次馬根性が強すぎるのね。このことは女中さんのお君さんやお菊さんも知っております。あたしが裏木戸から出ていくとき、どちらへとかなんとか尋ねていましたから」

「マダムもいいかげんにするんだね」

と、あきれかえったようにことばをはさんだのは古館博士だ。

「男の野次馬はまだかわいげがあるが、女の野次馬には困りもんだ。もしそのとき、オネスト・ジョンとやらにでもとっつかまって、ボエーンと一発やられたらどうするんだ」

「ええ、いまそれを考えたらゾーッとしたんですの。以後慎むことにいたしましょう」

と、松野田鶴子はすましていった。

内山警部補と井筒刑事は、疑わしげな眼つきでふたりを見比べている。なんだかすっかりふたりにひっかきまわされているような気持ちである。

金田一耕助はにこにこしながら、

「それはそれは御苦労さまでしたな。それでマダムはなにか発見しましたか」

「ところがなんにも。……ただ、伊沢さんの部屋の窓があいているのを見ただけで、ほかに収穫はなかったんです。と、いうよりは素人探偵、勢いこんで出かけたものの、いざとなったら怖くなって、ほうほうの体で逃げて帰ったんですの」

「まあ、せいぜいそんなところだろうよ」

と、古館博士があざ笑った。

「それじゃ、そのときオネスト・ジョンにお会いになられなかったんですね」

「絶対に」

と、田鶴子は力を強めて、

「あんなばあい、あんなところで、あんな男にバッタリ会ったら、あたしがいかに野次馬でもキャッって悲鳴をあげていますわ。それを思っただけでも心臓がドキドキするようでございますもの」

松野田鶴子は両手で心臓をおさえ、ゼスチュアたっぷりの表情だったが、彼女の名演技が発揮されればされるだけ、内山警部補の疑惑は深まるばかりだった。

その夜、徹宵江の島へ渡る桟橋の付けぎわに、刑事が数名張りこんでいたにもかかわらず、O・Jなる人物はついにやってこなかった。

そういうところからも、田鶴子がかれに内通したのではないかという疑いは、いよいよ濃厚になるのだったが、とはいえ、彼女がオネスト・ジョンと相識の間柄であったという証拠は、その後の捜査によってもついに得られなかった。

第十二章　金田一耕助の焦燥

警察ではいまオネスト・ジョンこと駒田準の行くえを、躍起となって捜索している。オネスト・ジョンはあの日、片瀬から姿を消して以来、杳として消息を絶っている。

しかし、かれがあの日片瀬にいたことは、たくさんの証人によって証明された。まず、第一に貸しボート屋の八木健一少年である。

かれは伊沢透から三本の矢を盗むことを頼まれているとき、向こうからやってくるオネスト・ジョンを認めたという。

それがなぜ八木少年にそのように強く印象づけられているかというと、ジョンのほうでは気づかなかったけれど、伊沢透がかれを見つけて、真っ蒼(まっさお)になって貸しボート屋の葦簀(よしず)のかげに隠れたのを、変に思ったからである。

これでみると伊沢透は、あの日オネスト・ジョンが自分の跡を追っかけて、片瀬へ来ていることを知っていたのだ。それゆえにこそ、伊沢透はあの婿選びのたいせつな競技のさい、妙にびくびくおびえていたのだろう。

その日、片瀬でオネスト・ジョンを見たという証人は、ほかにも十指に余るほどあった。

なにしろ、片耳がつぶれて、眼尻に切れたあとのある元ボクサー、それに真っ赤なセーターに派手な格子織という眼につく風采(ふうさい)だから、マネキンが歩いているようなものである。

それらの証人のうちことに重要視されたのは、夕刊配達の少年で、かれの証言によると片耳のつぶれた真っ赤なセーターの大男が、古館邸の裏山の雑木林へ入っていくのを見たという。

時刻ははっきりわからなかったけれど、夕刊配達の途中だったというのだから、五時前後であったことはまちがいない。

これによって雑木林を行きつもどりつしている足跡の主が、オネスト・ジョンであることはまちがいなさそうだし、また、かれはつねにピースを愛用していたという。

さらに、かれにたいする容疑を決定的たらしめたのは、落ち葉の下から発見された弓に残る指紋である。

オネスト・ジョンは受刑者なので、その指紋は警視庁の指紋台帳に記載されていたが、それが弓に残る指紋とぴったり一致したのだ。ことに指紋の残っている部分というのが、矢を射るときに当然左手でにぎる、弓の中央の裏側にあたっていたから、いよいよかれにたいする容疑は抜きさしならぬものになった。

だが、どうしてかれが弓と矢を手に入れたのか。……それについてはだいたい次のように考えられている。

オネスト・ジョンはおそらく八木少年が三本の矢を、古館邸の裏木戸へひそかにおいてくるのを目撃したのだろう。そこでまずそれを手にいれると、玄関の下駄箱の上にあった三挺の弓のことを思いだし、表へまわって玄関から弓を持ち出したのだろうというのである。

ただ九時に江の島へ渡る桟橋の付けぎわで面会することを強要したオネスト・ジョンが、なぜそれまで待たずに透を射殺す気になったのか。なにかかれを激怒させるような事態が突発したのか。また、透が婿選びの競技のさいに使用した白い矢を、オネスト・ジョンが使用したのは、単なる偶然の暗合だったのか。それともそこにもなんらかの意味がふくまれているのか。……

そこいらにまだ疑問のかずかずが残されたが、しかし、それらの疑問も吹きとばして、オネスト・ジョンがクロイと信じられたのは、かれが約束の九時に江の島桟橋へあらわれず、そのまま失踪してしまったことである。

逃亡こそもっとも確かな有罪の告白ではないか。

そこでかれの情婦であるキャバレー『焔』のダンサー、杉原朱実が厳重に取り調べられたが、彼女も事件のあった前日以来、オネスト・ジョンに会っていないと主張し、また、その後消息も聞かないと言い張った。

またオネスト・ジョンの仲間のものも、次から次へと調べられたが、だれもあの事件以来のかれの消息は知らぬと申し立てた。かれらは一種の地下組織をもっていて口もかたく、いったん地下へもぐったとなると、その捜索にも相当日数を要するだろうと予想されるにいたった。

東京の警視庁では片瀬からの依頼により、松野田鶴子とオネスト・ジョンの関係を調査してみたが、田鶴子がリング以外でジョン駒田と知りあっていたというような確証は、どこからも得られなかった。と、すると、彼女のあの夜のふるまいは、やはりひとつの好奇心からだったのだろうか。

こうして捜査当局の眼が、オネスト・ジョンに集中されているとき、ただひとり金田一耕助だけは、ある割りきれない疑問に悩まされつづけているのだった。

疑問の第一はあのときも述べたように、透の顔面に残っていた『五時の影』である。高見沢康雄も神部大助も『五時の影』を落とす『紳士の』たしなみを持っていた。透も現にあのバスルームへカミソリを持ち出していたのである。それにもかかわらずなぜ『五時の影』を落とす前に、シャワーの栓をひねったのか。

それからもうひとつ疑問の第二は、指紋の問題である。

所轄警察鑑識課の報告によると、シャワーの栓やバスルームの窓ガラスから、透の指紋が発見されたことを示している。それはよいがあの寝室ならびにバスルームのドアの取っ手からは透の指紋が発見されず、佐伯達子の指紋だけが発見されているのである。

達子の指紋がふたつのドアの取っ手に発見されたのは、少しも不思議なことではない。彼女は透を呼びにいったとき、当然、それらに触れたに違いないのだから。

しかし、その前に透の手が、指が、それらの取っ手に触れているはずである。それにもかかわらず、なぜ透の指紋が残っていないのか。達子の掌が完全にそれをふき消してしまったのか。いやいや、達子が呼びにいく前に、だれか念入りに取っ手の指紋をふき消したものがあるのではないか。……

そのことと、『五時の影』がむすびついて、そこへ大きくクローズアップされてくるのは、事件の前夜、古館博士が語ってくれたユリシーズの物語である。

「そこでこけ丸のユリシーズがみごと強弓をひくことによって、われこそ英雄ユリシーズなるてえことを誇示すると同時に、ふとどきしごくなヘナチョコ野郎どもをかたっぱしから矢で射ころし……」

金田一耕助はあの二本の矢が、いまだに発見されないことを思いあわせて、思わずゾクリと身をふるわせる。

あの夜の博士の物語は、翌日起こったあの事件と、偶然に暗合したのであろうか。それとも博士の脳裏にユリシーズ的欲望が秘められていたのではないか。

しかし、古館博士にはいちばん確実なアリバイがあったし、また、透が愛嬢に求婚したというだけで、伊沢透死すべしと博士が決心したとは信じられぬ。

あの野郎、身のほどしらずに早苗のような気高い娘に求婚するとは何事だ。そのような生意気な野郎は生かしておけぬというのでは、いかに奇行をもって鳴る古館博士にしても、いささか常規を逸しすぎるではないか。博士が発狂しているというのならともかく。……

オネスト・ジョンのことはしばらく措くとして、それではいったいだれが三本の矢を手に入れるチャンスを持っていたか。

二階にいた連中がだれも階下におりてこなかったことは、あのときも検討されたとおりである。では階下にいた連中のだれが二階へあがっていったか。

それは佐伯達子ただひとりである。しかし、達子の犯行とすると時間的に矛盾する。彼女がオネスト・ジョンの手紙を持って、透の部屋へ入っていったとき、バスルームではタンクに湯の落ちる音が聞こえ、透は衣服を脱ぎかけていたという。金田一耕助の感じからいっても、それはそうだったろうと思われる。

　金田一耕助は伊沢透といれちがいに階下へおりていった。そして、古館博士や加納三郎とふた言三言話しているところへ、佐伯達子が伊沢のことを聞きにきて、そのまま二階へあがっていった。

　おそらくその時分には、タンクに湯は三分の一も入っていなかったろう。しかも、彼女はあがっていったかと思うと、すぐおりてきたのである。しかも、バスタンクにはいったん湯が八分どおり満たされたのち、栓をぬかれて落とされた跡が歴然と残っていた。それでは、二度目に、すなわち透を迎えにいったとき、達子がやったのであろうか。しかし、達子の報告によってただちに二階へあがっていった金田一耕助が、鍵穴からのぞいたところでは、透の筋肉はすでに相当の硬直状態を示していた。豊富な経験をもつ金田一耕助の観察によれば、それは少なくとも半時間以上はたっていたと思われるのである。それにあのときも佐伯達子は、たいして手間取りもせずにすぐおりてきたではないか。

　ちなみに捜査当局では、バスルームのドアに内部から掛け金がかけられていたということを重視し、それゆえにこそ外部から狙撃されたという説を主張しているのだが、金田一耕助はその点に関するかぎり、たいして問題にしていなかった。

　差し込み式のやつならとにかく、がちゃんとかかる掛け金は、外からドアをしめる拍子に、うっかりかかってしまう場合のあることを、おそらく諸君も経験していられるだろう。

こうして金田一耕助は靴をへだてて痒きを掻くような、妙ないらだたしさのうちに荏苒と日をおくってひと月たった。オネスト・ジョンの消息も依然としてわからず、こうしてこの事件はしだいに新聞の表面から消えていったが、ここに突如として、二本目の矢が発見されたのである。しかも第二の犠牲者の胸に突ったって。……

第十三章　二本目の矢

その夜、……それは土曜日の夜だったが、金田一耕助にとってはとても多忙な一夜となった。かれはまず日が暮れると、銀座裏のキャバレー『焔』に出向いていった。

時刻はまだ七時ごろだったので、客もたいして来ておらず、女給、すなわちダンサーも妙にふやけた顔をして、手持ち無沙汰そうであった。

金田一耕助がだらしなく二重回しを羽織ったまま入っていくと、白い服を着た少年給仕が進み出てきて、

「ああ、朱実さんですね」

と、心得たものである。

金田一耕助は今夜で三度目なのだが、異様な風采とその職業から、すでにこのキャバレーじゅうに知れわたっていた。

金田一耕助がほのぐらい半照明の壁ぎわのテーブルにつくと、紺地に金糸と銀糸で大きな花をパッと散らした和服の女が、いくらかふてくされたような顔に、薄ら笑いを浮かべながら、腰を振るような歩きかたで近づいてきた。やせぎすの、すきとおるような感じの女で、どこか妖精めいたところがある。

これが杉原朱実である。オネスト・ジョンのようなスタミナにとんだ男は、こういう華奢で繊細な女に心をひかれるのだろう。

「またいらしたのね」

と、女はくずれるように耕助の前へ腰を落とすと、にっと糸切り歯をみせて笑った。

「ああ、また来たよ。いくらきらわれてもやってくるやつさ」

と、金田一耕助は眼をしょぼしょぼさせながら、のんきらしく笑っている。

妖精のような女ともじゃもじゃ頭の探偵さんとでは、その対照が珍妙で、ほかの女給やお客の注目をひかずにはいなかった。

舞台では黒人に扮装した楽士たちが、ものうい曲を演奏しているが、中央のホールはがらあきで、まだ一組も踊っているものはなかった。ショーは八時からだが、八時になると金田一耕助は、もうひと所行かねばならぬところがある。

例によってビールのほかにチーズにクラッカーというおつまみものが運ばれると、

「ねえ、先生」

と、朱実は甘えるように身をくねらせながら、

「いくらいらしてもだめなのよう。あたし、ほんとにあのひとの居所を知らないんだから」

「そうかねえ」

「まだ疑ってらっしゃるの」

「ああ、大いにね」

「しどいひと」

と、朱実はつうんと横を向いたが、しかし、その瞳には悪戯（いたずら）っぽい光がかがやいていた。

朱実にはこの男が世間の評判どおりのめい探偵さんだなどとはとても信じられないのだ。馬鹿か利口かわからぬようなこののんきな風来坊を、あやして、からかっているのがかならずしも愉快でないことはなかった。

「どうして、先生はそんなにお疑いぶかいんですの。先生のような職業のかた、みなさんそうなんですの」

「いや、ほかのひとはどうだかしらんが、ぼくは特別疑いぶかいたちときているんでね。ねえ、朱実君」

「はあ」

「かりにきみがジョン君の居所を知らないとしても、なんとか連絡の方法がありそうなもんじゃあないか。悪いことはいわないから、至急連絡してもらいたいんだがね」

「自首するようにって？」

「ああ、そう」

「そんなことしたらきっと有罪になってしまうわ。ひょっとすると死刑になるかもしれないじゃないの」

「君はまた悪く悲観的なんだね」

「だって証拠がそろいすぎてるんですもの。それに係官の心証だって悪いし。……先生だけよ。あのひとが無実だといってくださるのは。……それだって本気でいってくださるのかどうか……」

「あっはっは。こんどはぼくのほうがいうばんだね」

「なにを」

「どうしてきみはそんなに疑いぶかいんだい。きみのようなしょうばいの連中、みんなそうなのかい」

「あら、おっほっほ」

と、朱実は妖精のような笑いかたをして、

「これじゃまるでコンニャク問答ね」

「きみがコンニャク問答にしてしまうのさ。とにかくぼくはジョン君の無実を信じているんだ。九時に面会を強要した男が、その前に面会の相手を殺すはずがないじゃあないか」

「だってあのひと、すぐかっとするんですもの」

「ああ、きみはきみ自身ジョン君の潔白を信じないんだね」

「あら」

と、朱実はちょっと狼狽して、

「そんなわけじゃあないけど、あのひと隠れているんですもの」

「ジョン君はね、伊沢透に面会を強要する手紙を送った。ところがそのあとで伊沢君が殺されたと聞いた。しかも自分は前科者である。これはいけないとばかりに逃げ出したが、翌日の新聞を見ると、あらゆる条件が自分に不利ときている。そこで勝手に絶望してしまったんだね。あるいはだれかの罠に落とされたとでも考えているのかもしれない。だけど、そうして隠れていると、だんだん不利になってくる。もし、そのうちに……」

「もし、そのうちに……？」

「いや、それはどうでもいいが……」

と、ぼんやりマンボを演奏している黒人の楽士たちを見ながら、

「ときに高見沢康雄君や神部大助君は、もうここへやってこないだろうね」

「先生！」

と、妖精の声は草むらをすりぬけていく蛇の音のように低かったが、鋭かった。

「あのひとたちの名は出さないでちょうだい」

と、朱実はおびえたようにそっとあたりを見まわした。

「あっはっは、ごめん、ごめん」

と、金田一耕助は相手の額ぎわににじみ出した汗の光をちらりと見ると、ゆっくり椅子から立ちあがった。

「あら、先生、もうお帰り」

「ああ、八時までに行かなければならん所があるんでね。朱実君」

「なあに」

「繰りかえしていうけれど、ぼくの忠告にしたがってもらえばありがたいんだけどな」

「はあ、そのうちに連絡でもつくようでしたら……」

と、朱実は冷たい声でいった。

金田一耕助は『焔』を出ると、タキシーを雇って神田のY館ホールへ駆けつけた。その夜Y館ホールで、古館博士の講演会があるということを、その朝の新聞で知っていたのである。博士の演題というのは、

『契丹(きったん)文化の淵源(えんげん)について』

と、いうのだった。

いまどきこういう講演を聞くひとがあるかと危ぶみながら、金田一耕助がY館ホールへ足を踏みいれると、五、六百の座席をもつこの小ホールは、すでに熱心な聴衆でいっぱいだった。

なるほど、世の中は広いものだと、金田一耕助もいまさらのように感心せずにはいら

れなかった。

博士の講演はきっちり八時からはじめられた。それはスライドを使って二時間にわたる、該博なる研究の開陳だった。

その道にかけては全然門外漢である金田一耕助ですら、博士の知識の広さと深さに、いまさらのように驚嘆せずにはいられなかった。それは博士のような精力家によって、はじめてなしとげられるような膨大な研究だった。聴衆のなかにはあちこちでメモをとっているものもあった。スライド係を加納三郎が神妙につとめているのも好ましかった。

その講演が終わったあと、金田一耕助が楽屋へ会いに行くと、古館博士は例によって悪戯小僧のように眼玉をくりくりさせた。

「やっ、金田一君、あんたどうしてここへ……？」

「いいえ、先生の御講演を拝聴にあがったんですよ。新聞で知ったもんですから」

「あっはっは、あんなこといってるぜ」

「あんなこととは……？」

「講演よりもあの事件のあとを追っかけてるんだろう。われわれのしっぽをつかもうてんで。加納、気をつけろ。このひとにかかっちゃ、納得のいくギリギリの線までは、みんなクロイ人間なんだ。絶対に情け容赦はないんだからね」

「あっはっは、それは怖いですね」

加納三郎はスライドを片づけながら、あいかわらず落ち着きはらったものごしである。

しかし、気のせいか眼鏡をかけたその顔が、いくらか窶れているようである。

「先生、そんなに軽蔑なさるもんじゃありませんよ。ぼくだって考古学とはいかなるものかくらいは心得ておかなきゃなりませんからね。しかし、先生の該博な知識にはつくづく敬服しましたね」

「なんだ、ほんとに聞いてくれたのかい。それはありがとう」

「ときに、早苗さんはその後どうです。あれから一度松野バレー研究所でお眼にかかったきりですが……」

「そうそう、中野へ出向いたそうだね。いやね、金田一君」

と、博士はまた眼玉をくりくりさせながら、

「こんどあの娘に大役がふられてね、いま大張り切りで毎日稽古に熱中してるんだ。大げさにいえば、こんどの公演があの娘の運命を決する……と、いうことになるんだろう」

と、さすがに父親で、博士もきびしい顔色でいくらか感慨ふかげだった。

「ああ、そう、それはけっこうでした。それじゃその公演はぜひ拝見しなければなりませんな」

「ああ、ぜひな。確かきみも切符を売りつけられるひとりとして、やり玉にあがっているはずだ。おれがけしかけてやったんだ。かまうこたぁねえ。金田一先生にも切符を押しつけろってね」

「あっはっは、それはありがとうございます」

「それにしてもきみも因果なしょうばいだな」

「どうしてですか」

「契丹文化も聞かにゃならず、バレエの切符も買わずばならず……わっはっは」

「ほんとにそうです。そのうえキャバレーへも顔を出さにゃなりませんしね」

と、金田一耕助はため息をついた。

「キャバレー……？」

「ええ、今夜もここへ来る前に、キャバレー『焰』へ顔を出して、朱実ちゃんなる麗人の拝顔の栄に浴してきたんですよ」

「朱実といえばオネスト・ジョンの細君だね」

古館博士はギロリと眼を光らせて、さぐるように金田一耕助の顔色を見る。

「そうです、そうです」

「どうだい。もてたかい？」

「とんでもない、ほうほうの体で退散してきました」

「けっこうけっこう、うっかりもてたりしようものなら、オネスト・ジョンをズドンと一発ぶっぱなされる。あいつとってもやきもち焼きだというじゃあないか」

「ああ、先生、車が来たようですが……」

と、スライドを片づけ終わった加納が、静かにそばから注意した。

「ああ、そう、金田一君、きみはこれからどちらへ」

「先生は東京駅ですか」

「ふむ、八重洲口の喫茶店で早苗やママと待ちあわせることになってるんだが、きみもいっしょに来ないかね」

「ああ、ママさんも東京へ来てるんですか」

「うん、なにか買い物があるとかいってね。せっかく訪ねてきてもらっても、ここじゃお茶もごちそうできない」

「金田一先生、先生を東京駅まで送ってあげてください。そうすればぼくここでおいとまできるんですが……」

「ああ、加納君はいまどちら？」

「こいつはいま東京だよ。学校があるからね。加納、それじゃおまえはここから帰るか」

そう尋ねる古館博士の面を、一抹の寂しさが走るのを金田一耕助は見のがさなかった。

「ええ、そうさせていただければ……」

加納のことばにもなにかしら妙なこだわりが感じられた。

「じゃあ、そうしろ。金田一君、おれといっしょに行こう。ひょっとすると松野女史も来てるかもしれない」

「ああ、そうですか。それじゃ、お供しましょう」

金田一耕助はなぜかしらこの孤独な老学者を、たとえわずかなあいだでも、ひとりにしておくに忍びがたいような気持ちがした。

加納が送っていくというならともかく、かれがここで別れるというなら、自分で送っていかねばならぬような気がするのだった。ほんとをいうとかれにはもう一軒、ぜひ立ちまわりたいところがあったのだけれど。

加納に送られて自動車が出発すると、しばらくは無言でいたのち、

「ときに、先生、高見沢君のことはどうなりました」

と、金田一耕助のほうから質問した。

「どうなったとは？」

「いいえ、早苗さんと結婚のこと？　むろん、あれはご冗談なんでしょう」

「冗談……？　とんでもない、金田一君、約束は約束だからね」

「先生は本気でそんなことといってらっしゃるんですか」

「もちろんだとも。おれゃあ背信者になりたくないからね」

「先生、高見沢康雄という男をよく御存じですか」

金田一耕助は落ち着いて、一句一句をゆっくりいった。

「ああ、知ってる。しかしねえ、金田一君、男というものは結婚するとある程度変わってくるものなんだよ。また、それでなけれゃあかかあの値打ちはない。おれを見ろ。おれはまあ、高見沢なんかとは違っていたが、ずいぶん手におえないじゃじゃ馬だったんだ。それをすっかり早苗のおふくろに飼いならされたからね」

「しかし、先生と高見沢君とじゃ……」

「しかし、金田一君、その話はもうよそう」

「いや、これは失礼しました」

金田一耕助もむろん博士のことばを額面どおり受け取ってはいなかった。博士の言動のその裏に、なにかあるに違いないと推測して、それがなんとも名状することのできない恐怖を金田一耕助に与えるのだ。

たったひとりの、それこそ眼のなかへ入れても痛くないほど愛している令嬢の、名誉も感情もふみにじって、博士はいったいなにをたくらんでいるのだろうか。金田一耕助にはそれが空恐ろしかった。

おしゃべりをしていると博士も若くて元気だが、こうして押し黙っていると、老齢からくる孤独の悲愁と哀感が、いたましいほど金田一耕助に迫ってくる。

八重洲口の喫茶店ミモザというのへ入っていくと、早苗と達子のほかに松野田鶴子が簡単な旅装で待っていた。

早苗は父といっしょに入ってきた金田一耕助の姿を見ると、ちょっとびっくりしたように眼をみはった。それからもうひとりあとから入ってくるものを、期待するかのように眼で捜していたが、ふたりきりだとわかると、失望したように眼を伏せる。

「ああら、まあ、金田一先生がごいっしょだったんですの」

と、田鶴子はあいかわらずあでやかで愛想がよかった。

「あっはっは、バレエの切符の引き受け手をひとりひっぱってきたんだ。早苗、これでもパパは親切だろう」

　早苗はにっこり笑って金田一耕助に頭をさげたが、その微笑はさざなみのようにゆれて消えていく。

「あら、まあ、金田一先生、ありがとうございます。こんどは早苗さん大役ですから、せいぜい後援のほどを……」

「はあ、一枚くらいならね」

「なあんだ。一枚くらいならなんて、ケチケチしやんすな。金田一さん、あんたにはアミかなんかいないのかね」

「あっはっは、あいにくなことにはね。高見沢君みたいなわけにはいきませんな」

　高見沢……と、いう名が出たとたん、早苗の体がぎっくりふるえ、顔から血の気が引いていくのが、金田一耕助にもはっきりわかった。

「ときに松野先生、あなたはどちらへ？」

　と、金田一耕助は一座がしらけかかるのをはっきり意識しながら、田鶴子のほうをふりかえった。

「あたし？　あたしは先生から御招待をいただいたので週末の休養というわけなんですの」

「金田一さん、このひとはなかなか感心でね。この年寄りが寂しかろうというんで、慰めにきてくれるつもりらしいんだ。ところがこっちとしちゃ、このひとなんかよりお恵ちゃんや滝ちゃんみたいな若い娘のほうが望ましいんだが、あの御連中ときたら、ああいう事件があったので怖がって、寄りつきもしなくなっちゃった。そこでこういう姥桜でがまんしなきゃならんというわけだ」

「まあ、パパ、そんな失礼な」

「ほっほっほ、早苗さん、いいのよ。姥桜なら光栄のいたりよ。ほんとをいうと姥桜も散っちまって目下葉桜の候なんですからね」

「あっはっは、葉桜の候はよかったね」

こういう会話のやりとりのあいだ、佐伯達子は大きな洋傘を杖について、静かに……と、いうよりどちらかというと物悲しげな様子で、ぼんやり眼の前にある紅茶のカップを見ていたが、急に気がついたように、

「あの、先生、そろそろお時間でございますけれど……」

と、例によってなんの抑揚もない、かわいた声で注意した。

時刻はもう十一時になんなんとしている。

金田一耕助はこの四人に別れると、タクシーをひろって警視庁へ駆けつけた。そして、捜査一課第五調べ室、等々力警部担当の部屋へ入っていったが、とたんに顔見知りの江藤刑事から、びっくりしたような声を浴びせかけられた。

「あっ、金田一先生、あなたもうあれをお聞きですか」

「あれって、なに？」

「ああ、じゃまだお聞きじゃないんですね、今夜また事件が起こったんです。いま報告が入って、警部さん出かけたばかりなんですがね。わたしもこれから出かけるところですが、ごいっしょしませんか。どうやら片瀬の事件のつづきらしいんです」

「片瀬の事件のつづき……？」

金田一耕助は思わず大きく眼をみはる。

「ええ、二本目の矢が発見されたんですよ。第二の犠牲者を血祭りにあげてね」

そのとたん、金田一耕助の脳裏には、さっき東京駅でわかれた男女の姿が、まざまざと大きく浮かびあがってきた。

第十四章　黒人楽士

金田一耕助が江藤刑事につれられて駆けつけたのは、麻布六本木にある紅陽館という高級アパートだった。

江藤刑事があらかじめ電話をかけておいたので、顔なじみの刑事が出迎えて、

「金田一先生、どうぞこちらへ……」

と、階下のいちばん奥にあるフラットへ金田一耕助を案内した。そのフラットのドアの上にはってある、

『神部大助』

と、いう名刺を見て、すでに自動車のなかで江藤刑事から聞いていたとはいうものの、耕助はやはり息をのまずにはいられなかった。

フラットは三部屋つづきのぜいたくなものだったが、そのなかをおおぜいの係官がひしめきあっていた。金田一耕助がそのあいだをすりぬけて、いちばん奥の部屋へ入っていくと、そこは寝室になっているらしかったが、ベッドのそばにおおぜいひとが立っていて、こちらへ背中を向けていた。

「警部さん、金田一先生がいらっしゃいました」

出迎えた刑事が声をかけると、ベッドのそばにいたひとたちが、いっせいにこちらをふりかえった。そのなかから、等々力警部がむつかしい顔をして、

「ああ、金田一さん、こちらへ」

と、さしまねいた。

金田一耕助はそのほうへ近よると、しぜんに割れたひとのあいだからベッドの上へ眼をやったが、そのとたん、予期したこととはいいながら、背筋をつらぬいて走る戦慄(せんりつ)を禁じえなかった。

ベッドの上にはパジャマ姿の大助が、仰向けの大の字になって倒れていた。そして、パジャマの左の胸の上に、ぐさりと突っ立っているのは真っ青に塗った矢ではないか。おそらくそれこそ、婿選びの競技のさい、いまここに倒れている被害者が使用したものので、もう一本の赤塗りの矢とともに紛失した矢に違いない。

ぐさっと突っ立った矢の根もとから、じっとりと紅い汚点が吹きだして、パジャマの胸を染めている。

大助もさすがにいまはにやにや笑いは浮かべていない。殺害される直前の恐怖を強く反映して、顔全体がいびつにゆがんでいる。眼玉がとび出しそうなほども、大きく眼をみはっていて、くゎっとひらいた唇から、黒ずんだ舌ののぞいているのが、なんとなく不潔な感じであった。

だが、金田一耕助が異様な戦慄を感じたのは、以上に述べたような条件ばかりではなかった。そこにはもうひとつ、耕助の眼をそばだたせるようなものがあった。

大助は頭から枕をはずして、のけぞるような姿勢でふんぞりかえっているのだが、その咽喉のあたりに、大きな男の親指の跡がふたつ、くっきりと紫色に印されているのである。

金田一耕助は思わず大きな鼻息を吐き出した。

「警部さん、そ、それじゃ犯人は両手で被害者を絞め殺してから、改めてその矢で突いた……と、いうことなんですか」

「いや、犯人のつもりではそうだったんでしょうが、実際はそうじゃあなかったらしい」

等々力警部のあいまいなことばに、金田一耕助は眉をひそめた。

「警部さん、それ、どういう意味ですか」

「いや、犯人は被害者の咽喉を絞めたが、被害者はそれだけでは死にいたらなかったんですね。だから矢で突かれたときはりっぱに生きていたんです。先生がたの意見でもそうだし、それにほら、あの血の吹きだしかたを御覧なさい。心臓の鼓動が止まっていては、ああは血が吹き出ないはずですから。……」

金田一耕助もそのことにはすでに気がついていた。

「つまり犯人はうっかりひと突きに突きそこなって、あばれたり、声を立てられたりしちゃいけないというので、まず咽喉を絞めて昏倒（こんとう）させておいて、それからゆっくり料理したんですな」

「それで犯行の時刻は……？」

それがいちばん聞きたいところだった。

「これははっきりしているんです。十時前後ということになっているんです。最初の発見者が十時にこれを発見したときには、死体にはまだ温味（ぬくみ）が残っていたそうですから」

「十時……？」

金田一耕助は眼を閉じて大きく呼吸をうちへ引いた。それはまるですすり泣くときのような音だった。

古館博士のユリシーズ物語は、またここにひとつ再現された。しかし、十時には古館博士はY館ホールにいて講演をしていたのだ。そして、それ以後金田一耕助は、十一時ちょっと前まで、博士と行動をともにしていたのである。

第一の事件と同じく、こんどもまた博士は完全なアリバイをもっている。いや、古館博士のみならず加納三郎も同様である。

「それで、だれがいったい発見したんです」

「いや、その人物なら管理人の部屋に待たせてあるんですが、会ってみますか」

「はあ、会わせてください」

部屋を出ると等々力警部はすぐそばにある小玄関を指さした。

「金田一さん、犯人はここから出入りをしたんですね。この小玄関のすぐ外に、暗い路地へ出る横門がついてるんです」

「なるほど」

と、金田一耕助は皮肉な微笑を浮かべて、

「つまり被害者は犯人にとって、たいへんつごうのよいところへ部屋を借りていたわけですね」

「そうです、そうです。この事件の被害者が非常に無軌道な生活をしていたということは御存じでしょうが、いろいろと女出入りも多かったんですね。それでそういう女をひっぱりこむのに、いちいち管理人の部屋の前をとおるのはつごうが悪いというわけで、以前は一階のフラットを借りてたそうですが、ここが空くとさっそく引っ越してきたんですね。それが禍いをまねくもとともしらずに……」

管理人の部屋へ入っていくと、ひと目で女給かダンサーと知れる女が、眼を真っ赤に泣きはらして椅子に腰をおろしていた。

女というものはかならずしも悲しくなくとも泣くものなのだ。なにか思いがけない異変に遭遇すると、急激なショックが涙腺を刺激して、滝のような涙を奔流させるのだ。

この女は田口京子といって、たぶん大助と関係のある女のひとりなのだろう。いまだにときおり、びくっびくっと体を痙攣させながら、警部の質問にあうと、またしても滝のように涙を奔流させた。それはおそらく大助の死を嘆くというよりも、このような立場に自分をおいた運命を呪い嘆くのだろう。

この事件の発見者がなぜ自分でなければならなかったのか。ほかの女でもよかったのに……と。

「はあ、あの、あたしがこのフラットへやってきたのは、ちょうど十時でした」

と、女はまだときおり泣きじゃくりながら、

「ドアのところでベルを押したんですけれど、もちろん返事はなかったんです。だけどなかに煌々と電気がついているので、ためしにノッブをまわしてみるとドアがあくでしょう。それでかまわず奥の部屋へ入っていくと……そのときには毛布がかけてあったんです。その毛布が少しもちあがってましたけど、もちろんあんなこととは気がつかなかったんです。それで毛布からはみだしてる手首をつかんで、大ちゃん、大ちゃんとゆすぶったんです」

「ああ、ちょっと」

と、金田一耕助がさえぎって、

「そのときにはまだ体温が残っていたんだね」

「ええ、まだ、生あたたかだったんです」

田口京子はまたヒステリーを起こしたようにせぐりあげ、金田一耕助はゾーッと髪の毛が逆立つような鬼気を感じた。

「金田一さん、だからこの娘がヒスを起こすのも無理はないんです。この娘はほとんど犯人と入れちがいにやってきたんですね。いや、この娘も横門から入ってきたんですが、だれにも出会わなかったというから、この娘がフラットへ入ってきたとき、犯人は次の部屋か玄関のとっつきの部屋に隠れていて、この娘が寝室へ入るのと、入れちがいに抜け出していったのかもしれないんです」

「いや、いや、警部さんたら！」

京子は管理人の椅子のなかで地団駄ふんで泣きわめいた。

知らぬこととはいいながら、殺人者と同じフラットにいたという恐怖は、おそらくこの女の生涯を通じて、消しがたい印象となって残るだろう。

「それから……？　それからどうしたの？」

泣きわめく田口京子をすかしなだめるようにして、金田一耕助はあとをうながした。

「それからあたし、てっきり狸をきめこんでるんだろうと思って、毛布をひっぺがしたんです。そしたら、そしたら……」

と、女はまたはげしくせぐりあげて、

「あの矢が眼についたんです。それから血が……」

と、女は身ぶるいをすると金切り声をあげて泣きわめいた。

「そこできゃっという騒ぎになって、隣室の連中やなんかが駆けつけてきたというわけですね」

「それにしても十時前にベッドへ入るとは、ずいぶん早寝のようだが、京子君、神部君はいつもそんなに早寝をするの？」

「ううん、あのひと、とっても宵っ張りなんです。十二時前に寝たことなんてないでしょう」

そこへ刑事がドアのすきから顔を出して、

「警部さん、田口京子の弟だとかいう青年が、姉を迎えに来たといって玄関へ来てるんですが……」

「ああ、そう、きみ、御苦労さま。また呼び出すかもしれないが、今夜は帰ってぐっすり寝たまえ」

京子がハンケチを眼におしあてたまま、逃げるように出ていくと、入れちがいに江藤刑事が顔を出した。

「ねえ、警部さん、あの咽喉を絞めた指の大きさからいって、これはやっぱりオネスト・ジョンの仕業に違いありませんぜ。なんとかして一刻も早く、あいつをつかまえなきゃ……」

江藤刑事の声に思い出したように、金田一耕助は腕時計へ眼をやった。

時刻はまさに十二時。

「警部さんぼくに二、三人屈強のひとを貸してくれませんか。なんなら警部さんもごいっしょに来ていただければ、いっそう都合がいいんですけれど」

「どこへ行くんですか」

「オネスト・ジョンのところへ……」

「き、金田一さん！」

等々力警部と江藤刑事がほとんど同時に絶叫した。

「あんた、オネスト・ジョンの居所を御存じですか」

「はあ、存じております」

「いったい、どこに……？」

「キャバレー『焔』です」

「キャバレー『焔』に……？　ほんとうですか」

江藤刑事の疑いぶかい眼つきにも委細かまわず、

「たぶんまだいると思います。こんなことは早いほうがよいと思いますから、二、三人屈強のひとを貸してください。実をいうとそんな必要もないんですが、相手が誤解してあばれるようなことがあるといけませんから」

「よし、江藤君、支度したまえ」

等々力警部の指令によって、それから十分ののちにはキャバレー『焔』は、眼に見えぬ警官たちの網によって包囲されていた。

金田一耕助は何度もその必要はないと力説したが、等々力警部も江藤刑事もききいれなかった。

相手がもとミドル級選手権保持者であるという経歴の持ち主であるうえに、麻薬密売のかどで逮捕されたときに発揮した、オネスト・ジョンの凶暴ぶりが、いまだに強く印象に残っているのである。

こうして十二時三十分。金田一耕助の案内で、等々力警部をはじめとして数名の刑事や警官の一団がのりこんでいったとき、キャバレー『焔』は先ほどとは、うってかわった様相を示していた。

舞台の上では黒人に扮した楽士たちによって、陽気なような、間のぬけたような音楽が奏でられている。半照明の中央フロアも、それをとり巻くテーブルにも、男と女があふれてひしめきあっていた。脂粉の香りと酒の匂いと、それからたばこの煙でむせっかえるようだ。

等々力警部の一行がいかめしい顔つきをして入っていくと、マネジャーがびっくりしてとび出してきた。

「もし。なにかこちらに……」

と、心配そうにもみ手をしているマネジャーに、金田一耕助は微笑を向けて、

「マネジャー、なにも心配することはないんだよ。朱実君がいたら呼んでもらいたいんだがね」

言下に白服の少年が、

「朱実さあん、朱実さあん！」

と、おびえたような金切り声を張りあげたので、まずいちばんに舞台にいる楽士たちがこの小ぜりあいに気がついたとみえ、音楽の調子が大きく狂った。

それにつづいてフロアで踊っていたひとびとも、しだいにこちらに気がついた。かれらはみんな気味悪そうに、たがいに顔を見合わせて、それぞれの席へ帰っていく。

こうして中央のフロアは潮のひいたようにからっぽになり、音楽の音もぴったりやんだ。黒人に扮した楽士たちは舞台の上で総立ちになっている。

一瞬、緊迫した沈黙が重っくるしくキャバレー『焔』の上にのしかかった。

「警部さん」

と、金田一耕助は等々力警部をうながして、空っぽになったフロアの上へおりていく。そして、満場の注目をあびながら、フロアの中央まで進んできたとき、突然、

「ちきしょう！」

と、いう女の金切り声とともに、ビール瓶がとんできた。

ビール瓶はひょいと身をかがめた金田一耕助の頭上を越えて、二、三メートル先のフロアの上で木っ葉みじんと砕けてとんだ。

「ちきしょう、ちきしょう、犬！　スパイ！　裏切者！」

と、金切り声を張りあげながら、果物ナイフを逆手に持って、テーブルのあいだからとび出してきたのは朱実だった。さっきと違って、朱実は真っ黒なイブニングドレスをきていたが、満面に朱をそそいだその顔色は、もはや妖精どころではなかった。怒りに狂う牝豹(めひょう)のようなものである。

朱実はたちまち警官たちにとりおさえられたが、それでも眦(まなじり)を決して金田一耕助におどりかかろうとする。口からはあらゆる種類の悪態を吐きちらした。

金田一耕助はハンケチを出して、ビールをかぶった肩のあたりをぬぐいながら、朱実の悪態のとぎれるのを待っていた。

それからにこにことした顔を朱実のほうに向けると、

「朱実君、誤解しちゃいけない。いつもいうとおりぼくはきみたちの敵じゃあない。きみたちの味方なんだ」

「嘘(うそ)つけ！」

と、朱実は唾(つば)をはきかけたが、さいわいそれは金田一耕助までとどかなかった。

「まあ、お聞き」

と、いってから、突然金田一耕助は声を張りあげた。

「今夜あるところで人殺しがあったんだ！」

それはホールじゅうにひびきわたるような大声だった。朱実はぎくっと体をふるわせ、フロアをとり巻く女も固唾(かたず)をのんだ。

「それはあきらかに片瀬における殺人事件のつづきなんだ。あのとき、失われた二本の矢のうちの一本が、凶器として用いられたんだ。したがって、ふたつの殺人が同じ人間によって演じられたことは明らかなんだ。わかった？　朱実君」

朱実はらんらんと眼を光らせて金田一耕助の顔をにらんでいる。それは罠(わな)を眼の前にした野獣のように、悪意と警戒心にみちた眼つきだった。

金田一耕助はふたたび声を張りあげた。

「今夜の殺人は午後十時、すなわちいまから二時間半ほど前に演じられたんだ。それには確かな証人もいるんだ。したがって、朱実君の旦那さんのジョン君が、その時刻にここにいたということが証明されれば、……あるいは今夜半時間以上ここを離れなかったということが証明されれば、ジョン君は今夜の事件に無関係であることが明らかになるんだ。そして、今夜の事件と片瀬の事件が、同じ人間によって演じられたことは明らかなんだから、ジョン君は片瀬の事件にも無関係であることが証明されるんだ。わかった？　朱実君」

朱実の眼からしだいに凶暴な光が消えていく。彼女にも金田一耕助のことばの意味がわかったらしいが、まだ疑いの色は去らなかった。さぐるように金田一耕助と等々力警部を見比べている。

「警部さん、あなたからもいってやってください」

等々力警部や江藤刑事の顔には深い驚きの色が浮かんでいる。しかし、金田一耕助にうながされると、等々力警部も大声で叫んだ。よく通る声だった。

「いま金田一先生のおっしゃったことはほんとうなんだ。もしオネスト・ジョンがここにいて、今夜ここから半時間以上離れなかったことが証明されれば、片瀬の事件でも犯人でなかったことをわれわれは認めるだろう」

突然、舞台にならんだ黒人楽士のなかから、ひときわ、体の大きな男がなにかにひきずられるように、ふらりと一歩前へ出た。

「ぼくは……ぼくは……」

と、なにかが咽喉に詰まったように絶句して、

「今夜六時ごろからここに……この舞台にいました。わずかの休憩時間以外、ぼくはいままで、ずうっとこの舞台の上にいたのです。そのことはここにならんでいる連中が証明してくれるでしょう」

その男が前へ出てきてしゃべりはじめたとき、ほかの黒人楽士たちは、おびえたようにあとじさりしたが、かれのことばが終わると同時に、バンド・マスターらしいのが一歩前へ進みでた。

「この男が……いや、このひとがオネスト・ジョンだとは知らなかったが、このひとなら六時ごろからいままで、終始われわれといっしょにいました。わたしはそのことを証明します」

「ぼくも……」

「わたしも……」

ほかの黒人楽士たちも口をそろえた。

朱実の眼から突然涙があふれてきた。

「き、金田一先生……」

と、左右の腕を警官にとられた朱実は、流れ落ちる涙をぬぐおうともせず、膝を折ってその場に泣きくずれていった。

第十五章　その面影

「あら、先生」

中野にある松野田鶴子の研究所へ、金田一耕助がふらりと入っていったのは、月曜日の午後のことだった。

ちょうどそのとき、ピアノに合わせて稽古をしていたバレリーナたちのあいだから、相良恵子と河合滝子が、いちはやく金田一耕助の姿を見つけて声をかけた。

短い指揮棒をふって、群舞の指導をしていた松野田鶴子もふりかえって、

「あら、まあ、金田一先生、おとといの晩はたいへんだったんですってね」

と、声をかけておいてから、田鶴子はバレリーナたちをふりかえって、

「お稽古はちょっと休憩よ。先生、応接室へいらっしゃいません？　お茶でもさしあげますから」

「先生、あたしたちも行っちゃいけなくって？　金田一先生のお話うかがいたいんですもの」

「ええ、いらっしゃい。あなたがたも関係者のひとりなんだから」

「あら、いやだ。関係者のひとりだなんて」

「それがいやなら金田一先生のお話うかがう資格はなくってよ。ねえ、金田一先生、そうでしょう。ほっほっほっほ」

田鶴子の笑い声にはどこか挑戦するようなひびきがある。

金田一耕助の経験によると、この年ごろのこういう境遇の女がいちばん扱いにくいのである。田鶴子くらいの女になると、めったに感情を外に漏らさないし、たまたま漏らした感情でも、たくみにほかへカモフラージする機転を持っている。

このあいだの古館邸における内山警部補との一問一答のあいだにも、金田一耕助は何度かそれを経験した。これくらいの古狸になると、お芝居と現実の境界線がどこにあるのか、たくみにぼかしてしまう技巧を身につけているのである。

「マダム、片瀬はどうでした？」

「どうってべつに。……先生も葉桜相手じゃしかたがないでしょ」

「はっはっは、それでいつお帰りになったんですか」

「けさ。ついさっきよ」

「早苗さんは？」

「あのひとももうじき来るでしょう。ちょっと先生のおぐあいが悪かったものですから」

「古館先生がどうかなすったんですか」

金田一耕助の声にはちょっと真剣のひびきがこもった。

「ええ、ちょっと。……たいしたことないようですけれど……」

と、松野田鶴子はなにかしら唇をかむような調子である。

応接室へ入っていくと、松野田鶴子バレエ団のポスターが壁いちめんにはりつけてある。そのなかに、近く行なわれる三田村文代追悼公演のポスターというのが、強く金田一耕助の眼をひいた。

「ああ、文代さんというひとの追悼公演をやるんですね」

「ええ、あの娘も、とっても惜しまれて亡くなったものですから。……そうそう、その公演で早苗さんに、文代にと思っていたソロを踊ってもらおうと思ってるんですの。とても仲よしでしたからね」

「ああ、そう、早苗さんに大役がふられたというのはそのことなんですね」

こんどの公演であの娘の運命が決する……と、感慨をこめていった古館博士の厚みのあることばが、はっきりと耕助の頭脳によみがえってくる。

「ところで、先生、おとといの晩のお話てえ。怖いもの見たさでみんなお話聞きたがっているのよ」

「ええ、それゃお話してもいいですが、その前に古館先生のお話きかせてください。先生、おぐあいが悪いってどんなふうなんですか」

「ええ。あたしもちょっと心配したんですけれど、お医者さんの話を聞くと、さしあたりどうこういうこともないらしいのね。ただ、ちょっと血をお取りになっただけで……」

「お倒れになったんですか」

「ええ、きのうの朝刊を御覧になって……神部さんの記事が出てたでしょう。それからオネスト・ジョンのことも……」

金田一耕助を見る田鶴子の眼は平静そのものだったが、しかし、その底にはかぎりない傷ましさが秘められているようである。

「それで、先生、ほんとに大丈夫なんでしょうねえ」

「ええ、それは大丈夫。一時はちょっと心配したんですけれど、電報で加納さんに来ていただいたんです。あのかたの顔を御覧になったら、すっかり落ち着かれて……」

金田一耕助はふとおとといの晩、Y館ホールの楽屋で加納がここでおいとましたいといったときの、寂しそうな博士の顔を思い出した。あんなに深く加納三郎を愛していながら……と、金田一耕助にも博士の心がわからなかった。

「金田一先生、おとといの晩のお話てえ」

「そうそう、オネスト・ジョンがこんどの事件に無関係だってこと、先生が証明してあげたんですってね」

若い恵子や滝子には、老学者の運命よりも眼さきの事件に心がひかれるのである。

「恵子ちゃんや滝子さんはどうしてそんなこと知ってるの。新聞にはぼくの名前なんか出てないはずだが……」

「いいえ、おとといの晩、キャバレー『焔』にいたひとから聞いたんですの。ねえ、滝ちゃん」

「先生、まるで千両役者みたいだったって。あの貧弱な……あら、ごめんなさい。でも、先生、それほど大きいほうじゃないわね。それでいてホールを圧するようだったって、そのひとがいってたわ、ねえ、恵子ちゃん」

「あっはっは、恵子ちゃんも滝ちゃんもおとなをからかうもんじゃないよ。少し芝居気がすぎたようだけど、ああ出るよりしかたがなかったんだ。オネスト・ジョンがやけくそになってあばれまわったら、怪我人が何人出るかわからないからね」

「いいえ、けっこうですよ」

と、田鶴子はどちらかというと気のない声で、

「けさ、このひとたちに聞いたんですけれど、朱実というひとが感謝のあまり、先生の足もとに泣きくずれたというじゃありません？」

「いや、まあ、まあ、そういう話は……」

「でも、先生、オネスト・ジョンはなんだって、事件になんの関係もないのに、あんな

にしつこく逃げ隠れしていたんですの」

「ああ、それはね、恵子ちゃん。ああいうひとたち案外弱いものなんだよ。それゃ腕力は強いだろうさ。だけど理性の裏づけのない強さというものは、いざというとき案外もろいものなんだ。それゃ、やけくそな肉体的強さはあるだろうが、どちらかというと動物的な強さなんだね。だから、自分があの時刻にあそこにおり、しかも弓に指紋がついていたとあれば、自分はもう絶対に助からぬと、理性もなにもない、動物的な恐怖の本能にかりたてられたんだね」

「あの時刻って、あのひといつごろあの雑木林にいたんですの」

と、田鶴子の声はあくまで落ち着きはらっている。

「正確な時刻はもちろんわからないんですが、半時間ぐらいはあそこにいたらしい」

金田一耕助は田鶴子の心を読もうとしたが、そうやすやすと心のなかを見透かされるような相手でもなかった。

「なぜ、またあんなところへもぐりこんだんですの、先生」

と、恵子がそばから口を出した。

「それはね、恵子ちゃん、東京みたいにひとの多いところだと、ああいう男も眼につかない。だけど片瀬みたいな小さな町では目立つんだね。それに本人、刑余者というひけめがあるだろ。あれで案外小心なところがある男でね。ひとにジロジロ見られるのがつらいし、と、いって金もあまり持ってなかったので、ついああいうところで時間を消そうとしたんだね」

「それで、あのひとなにか見たというようなことは……？」

「いや、滝ちゃん、ぼくもそれを期待していたんだ。それでさんざん朱実に自首をすすめていたんだが、結局はゼロだったね。あの男があそこにいた時刻と、犯人が活躍した時刻のあいだにはズレがあったんだね」

「でも、先生」

と、恵子がちょっと身をのりだして、

「あの指紋ね、あれは玄関へ入っていくと、下駄箱の上に弓がほうりだしてあったので、手にとってちょっと引くまねをしてみた。そのときついたんだろうというんでしょう。新聞で見ると。……」

「ああ、そうそう、そのとおりだよ」

「すると、犯人はそれを知っていて、あのひとを罪に落とそうとたくらんだというわけなの？」

「いや、恵子ちゃん、それはおそらくそうじゃあるまい。犯人はそこにそんな指紋がついているとは知らずに、あの弓を選択したんだろうね。つまり、オネスト・ジョンにとっては不幸な偶然が重なったというわけだ。犯罪捜査の場合にはよくそういう例があるんだよ」

「それで、オネスト・ジョンがこの事件に関係がないとすると、いったい、だれが犯人ということになるんですの」

と、田鶴子は金田一耕助の顔を見る。平静なまなざしながら、どこか探りを入れるようなところもある。


「さあ」

と、金田一耕助はもじゃもじゃ頭をかきまわしながら、

「いまのところ五里霧中というところでしょうな。オネスト・ジョンの出現でかえって捜査はふり出しへもどったというわけでしょう」

「先生、それじゃ紅陽館のほうのお話して。あたし怖いけど聞きたいの」

河合滝子が呼吸をつめてねだった。

「話ってだいたい新聞に出てるとおりだがね」

と、それでもせいぜい女たちを怖がらせるように話してやったあげく、最後に田口京子が死体を発見したとき、犯人はまだ同じフラットにいたかもしれないという話を付け加えると、さすがに松野女史も息をのみ、

「まあ、怖い！」

と、恵子と滝子も汗ばんだ手をしっかり握りしめていた。

松野田鶴子は思案ぶかい眼つきになって、

「ねえ、先生、この事件に関係のある男性っていったいだれだれ？　先生はべつとして、あとは古館先生に加納さん。でもこのひとたちは、透ちゃんが殺されたとき、先生がち

ゃんとそばについてらしたんでしょう。そうすると、あとは高見沢さんだけじゃなくって？」

「そうよ、そうよ、それにあの弓には高見沢さんの指紋もついていたんでしょう。高見沢さん、そのことについて予防線を張ったけど、予防線を張るというのがクサイんじゃない？」

恵子探偵が犯人の心理解剖をしてみせる。

「ところがねえ、恵子ちゃん、なるほど高見沢君もおとといの晩、紅陽館へ行ってることは行ってるんだ」

「それ、それ、それよ」

恵子探偵は身をのりだす。

「いや、まあ、待ちたまえ。ところがそこに時間的な大きなズレがあるんだ。高見沢が訪ねていったのは宵の五時ごろのことなんだね。例によって遊びにひっぱり出しに行ったんだ。ところがそのとき神部大助は気分が悪いってパジャマのまま、ベッドの上でゴロゴロしていて、風邪薬かなんかのんでたそうだ。それで、そのまま別れたというんだがね」

「じゃあ、そのときやったんじゃ……」

「あっはっは、恵子ちゃん、法医学というものをもっと尊重しなきゃいけないよ。神部大助の殺害されたのは十時前後ということになってるんだ。五時間もズレがあっちゃたいへんだ。それも死体が三日も四日もたってから発見されたというならともかく。……」

「だけど、先生、大ちゃんが病気で寝てると知って、十時ごろに高見沢さんがひき返してきたんじゃあ……」

と、こんどは滝子探偵が主張する。

「ところが、滝ちゃん、あいにくその時刻の高見沢にはりっぱなアリバイがあるんだ。動かしがたいね」

「まあ憎らしい」

と、恵子探偵がいまいましそうに下唇をつきだした。

「大丈夫？　先生、なにか怪しげなアリバイじゃなくって？」

滝子探偵も高見沢クロ説の支持者らしい。

「いや、それは大丈夫なんだが、ときにやっこさん、ちょくちょくここへ来ますか」

「ちょくちょくどころじゃないのよ。毎日やってきて早苗さんを張ってるわ」

「しかも憎らしいじゃないの。先生、早苗さんのことを早苗、早苗って呼びすてにするのよ。もう自分のものみたいに。……」

「それで、早苗さん、どういう様子？」

「あのひとえらいわね。なにをいわれたって柳に風で知らん顔してるわ」

「でも、先生もずいぶん気をつかってらっしゃるのよ。絶対にふたりきりにしないようにって。ひとがいないとなにをしでかすかわからない男ですからね」

「ああ、そうそう、きょうお伺いしたのもそのことなんですが、松野先生」

と、金田一耕助は田鶴子の顔を見直した。

「いつか片瀬で三田村文代さんというひとがあんなことになったのも高見沢か伊沢か神部に悪戯されたせいじゃないかって、そんなことといってましたね。あれ、なにか根拠のあることなんですか」

「いえ、あの、根拠といってはべつに……」

と、田鶴子は頰をあからめて、

「あのときはただ、古館先生にあの二人がどういう男かってこと、知っていただきたかったただけのことなんですの。あのときも申し上げたとおり、ここにいる三人が三人とも、あの三人に変なまねをされかけたことがあるもんですから。……」

「と、おっしゃると文代さんの死は過失じゃなく、自殺じゃないかとおっしゃるんですか」

「いえ、あの、それもはっきりしたことはわかりませんの。遺書もございませんでしたし。……」

田鶴子の態度ににわかに狼狽の色が濃くなってくる。

しかし、恵子や滝子はその狼狽の意味を知ろうともせず、

「先生、金田一先生にほんとのことを申し上げたら……文代さんがあの日、先生に打ちあけたって話……」

「あたしも先生からあのお話をうかがって、文代さんのあれ、やっぱり自殺に違いないと思うんですけれど……」

と、滝子も声をしめらせた。

「それ、どういうお話なんですか。さしつかえなかったら、ぼくにも聞かせていただけませんか」

金田一耕助が膝をのりだすと、田鶴子は恵子や滝子にちらと眼をやり、しかたがないというように肩をすぼめた。

「はあ、これ、はっきりとした根拠のある話ではなく、それにまあ、この研究所の名誉も考え、なるべくなら過失死ということにしておきたかったものですから。……先生もどうぞそのおつもりで……」

「はあ、はあ、承知しました」

「それはこういう話ですの。あの前日、……いいえ、文代が服毒した当日、あたしあの娘からとても意外な打ち明け話を聞いたんですの」

「意外な打ち明け話というと……？」

「はあ、あの日、文代がとてもうれしそうにしているでしょう。それで根掘り葉掘りあたしが問いつめていったあげく、とうとう文代が打ち明けたんですけれど、このことはまだだれにもいってくれては困るが、近く結婚するかもしれないというんですの」

「ふむふむ、そして相手は……？」

「いいえ、それがわからないんですの。あたしも相当つっこんで尋ねたんですけれど、いま聞いてくれるな。二、三日ゆっくり考えて、それから先生にも御相談して、そのうえで、向こうさまへ御返事をすることになってるからというんですの。だけど、当人、もうその気になっていたらしいことは、なんともいえぬほどうれしそうな顔色でもわかるんですの。あの娘は非常に考えぶかいたちでしたし、変な男の手練手管にのるような娘ではありませんでしたから、あたしもその点信頼して、それじゃ向こうさまに御返事申し上げる前に、ぜひあたしに打ち明けてちょうだいと、あたしもあの娘の幸福を祈る気持ちでいたんですの。そしたら……そしたら……その晩、あんなことになって……」

と、松野田鶴子もたまりかねたように、ハンケチで眼をおしぬぐった。

「あたしもこの運命のどんでん返しには茫然としてしまったんですの。あのうれしそうな顔が眼についているだけに、なにがなにやらわけがわからず、それに遺書もございませんでしたし、結局、過失死だろうとその当座はきめていたんです。しかし、日を経るにしたがって、なんだか妙な気持ちがして……あの娘は非常に慎重な娘でしたから、睡眠剤の量をあやまるなんてこと、ちょっと考えられなくなってきたんです。それで自殺とすると、だれかに悪戯でもされたんじゃないか。当人がそういう幸福な気持ちでいるとき、だれかに純潔をふみにじられて、絶望のあまり自殺したんじゃないかって、そんな気が強くしてきたんですの」

恵子と滝子はハンケチを眼におしあてて しくしく泣いている。

不幸な友人の死の直前の幸福そうな顔色を知っているだけに、この運命のどんでん返しの傷ましさが、身を切るような切実さとなって迫ってくるのである。

「それで、文代さんにプロポーズしたってひと、だれだかわからないんですか」

「それがわからないんですの」

と、松野田鶴子は眉をひそめて、

「あたしとしては、当然、そのかたがお通夜なり、お弔いなりに顔を出してくださるものと期待していたんですが、そういうかたもいらっしゃらなかったんです。ひょっとすると、文代が死んでしまったので、あきらめて、沈黙を守っていらっしゃるのかとも思うんですけれど、それにしても、お弔いくらいには顔を出してくださりそうなもの。ところがどうもお葬式に来てくだすったかたのなかにも、それらしいひとが思いあたらないんですね。それですから、なんだか狐につままれたような気もするんですの」

「先生」

と、相良恵子が声をひそめて、

「あたし、あとで気がついたんですけれど、ひょっとするとS先生じゃあなくって。お葬式のとき、あのかたの眼に涙が光ってたのをあたし見たんですの」

「あら、恵子ちゃん、だってあのかた奥さまがおありじゃあないの」

「まあ、滝ちゃんは知らないの。S先生、奥さまとうまくいかなくて、別れるとか別れないとか、もっぱら評判よ」

「恵子ちゃんも滝子さんも……」

田鶴子はこわばった顔をして、

「あたしもそれは考えないでもなかったんですけれど、もうその話はよしましょうねえ。もし、そんなうわさが耳に入って、S先生と奥さまの仲が、いよいよまずくなるようじゃいけないから……」

いずれにしても、それは胸をうたれる傷ましい話で、金田一耕助も思わずしんみり三人の話に耳をかたむけていたが、

「それで、もし、文代さんが犯されたとしたら、高見沢、神部、伊沢の三人のうちのだれかに違いないというんですね」

三人の女はたがいに顔を見合わせて、

「こういうこと、臆測ですから申し上げたくないんですけれど、自分たちの経験から割りだして、なにをするかわからないひとたちですからね。それが戦後のモラルだというんです」

「それに、あの時分、あの三人は早苗さんは早苗さんとして、文代さんもずいぶん追っかけてたわねえ」

「あの三人、おたがいに意地になるのね」

「それで……」

と、金田一耕助がなにかいいかけたとき、

「やあ、どうしたの。みんないやにしんみりしてるじゃあないか。やあ、金田一先生、このあいだはどうも」

と、意気揚々と入ってきたのは高見沢康雄である。トンボのようにピカピカ頭を光らせて、得意満面の様子が、鼻持ちならぬほど気障（きざ）で軽薄である。

三人の女はいやあな顔をしてそっぽを向いたが、そういう気持ちが通じるような相手ではない。

「マダム、早苗はまだ来ませんか」

と、手袋を脱ぎかけている高見沢のほうへ恵子がわざと深刻な顔を向けた。

「あら、高見沢さん、御存じなかったの？」

「なにを？」

「きのうの朝、先生がお倒れになって、目下重態なのよ」

「えっ、そ、それ、ほんとう？」

「冗談よ。高見沢さん。恵子ちゃんも縁起でもないことというもんじゃなくってよ」

田鶴子が軽くたしなめると、高見沢はにくにくしげな眼を恵子にむけて、

「やい、恵子、てめえはなんだって……」

「いいえ、高見沢さん、先生がお倒れになったことはほんとうなの。でも、さいわい、ごく軽い御症状ですから心配はいらないんです。早苗さんもいまに来るでしょう」

田鶴子の声は気重そうだった。

「ああ、そう、それじゃ倒れたことは倒れたんですか。それじゃ、今夜早苗を送りかたがた見舞いに行ってくるとしよう」

「あら、そんな……」

と、田鶴子がちょっとあわてるのを尻眼にかけて、

「いいじゃないか。未来の妻を送って未来のしゅうとを見舞いに行くのは、当然の礼儀じゃないか」

「ああ、高見沢君、約束ははっきりきまったんですか」

と、金田一耕助がそばから口を出した。

「ええ、金田一先生、土曜日の夕方、ホテルのグリルでおやじといっしょに飯を食って、はっきり約束をきめたんです。おやじ上機嫌でしたよ」

「しかし。土曜日の夕方、君は紅陽館へ行ったんじゃあないの」

「あれからホテルへ回ったんですよ。前からいっしょに飯を食う約束になってたんです。だけど、そのあとおやじは講演でしょう。ぼくなんかそんな話聞いてもわかんないから、おやじとの会見が終わったら、神部をひっぱりだして、どこかへ遊びにいこうかと思ったんです。それに神部のやつをうらやましがらしてやろうとも思ってね」

「そのとき、古館先生に神部君が風邪で寝てたこと話しましたか」

「ええ、それゃあ話しましたよ。風邪だかなんだか怪しいもんだ。おおかた女が会いに来るのを待ってんだろうといったら、おやじ笑って、おまえも独身でいるあいだに、せ

いぜい遊んどけっていいましたよ。なかなかさばけたおやじでさ」

「それで、式はいつ？」

「その公演が終わった直後ということに……」

高見沢はなぜか三田村文代追悼公演のポスターを、正視することができないらしい。三人の女はおびえたように顔を見合わせ、金田一耕助もはげしいショックを感じた。

「ああ。そ、それはおめでとう」

と、金田一耕助はかわいた声で挨拶をすると、顔をそむけて、壁にはったポスターの前に立った。

金田一耕助ははっきり覚えている。土曜日の晩、Y館ホールの楽屋で博士に会ったとき、

「こんどの公演があの娘の運命を決する……と、いうことになるだろう」

と、そういったときの博士のきびしい顔色と、感慨ふかげなあの声を。……

それはバレリーナとしての真価を世に問うという意味だったのか、それともこの婚約のことをいっていたのか、それとも、もっとべつの隠れた理由があるのではないか。

金田一耕助はいくらか混乱したような気持ちで、もじゃもじゃ頭をかきまわしながら、意味もなく眼の前にはられた三田村文代追悼公演のポスターを見ていたが、突然、真っ赤に焼けた鉄串を脳天からぶちこまれたようなはげしいショックを感じた。

そこには亡き三田村文代の写真が出ている。金田一耕助はなんとなく、その写真の面

影に心をひかれてながめているうちに、はからずも、いまなお片瀬にある古館博士の書斎の壁面にかかげてある、早苗の母、操夫人の面影に、どこか似かよっているところがあるのを発見したのである。

ああ、ひょっとすると、三田村文代の求婚者というのは、古館博士だったのではないか。

第十六章　死神の矢

四月下旬に催された三田村文代追悼公演は大成功だった。

文代は幼時から松野田鶴子にひきとられ、厳格な指導のもとに訓練されてきたので、その美しい肢体（したい）と、正確でかつ魅力的なテクニックとあいまって、バレエ界の明星ともてはやされていた。

それが突然、睡眠剤の量のあやまりという不幸な事故で世を去ったのだから、世間の同情が翕然（きゅうぜん）として集まっていた。

そこへもってきて、近ごろめきめき腕をあげてきた文代の親友、古館早苗が追悼公演の大役をやるというのだから、春のバレエ界の話題をひっさらったのも無理はない。

「やあ、おめでとう、松野先生、おめでとう。たいへんな人気ですな」

開幕前のごったがえしている楽屋へ、勢いよくとびこんできたのは高見沢康雄である。

　早苗との縁談が正式にまとまったので、このところ高見沢は上機嫌で、楽屋へ訪ねてきてもお世辞がいい。例によってトンボのように頭を光らせ、タキシードという盛装で、手に花束を持っている。

「はあ、ありがとうございます。古館先生は……?」

　いやなやつだと思っても、そこは人気稼業の悲しさで、

「おやじはボックスにいますよ、いっしょに行こうと誘ったんですけれど、大儀だからおまえひとり行って、奥さんを激励してこい。おれが行っちゃかえって邪魔だろうって、なかなかさばけたおやじですぜ」

「ほっほっほ、ごちそうさま」

　と、田鶴子はしかたなしに笑って、

「早苗さんのお部屋なら、ここから三つ目ですよ」

「ああ、そう」

　と、高見沢は田鶴子の部屋をとびだしかけて、

「ああ、そうそう」

　と、もう一度楽屋のなかをふりかえった。おやじから先生によろしくって」

「もう少しで忘れるところだった。おやじから先生によろしくって」

「はあ、ありがとうございます」

「それから、もうひとつ。早苗のこと、今後もよろしく頼みますって」

「な、なんですって？」

田鶴子の眼が急にキラリと怪しく光った。しかし、康雄はべつに気もつかず、

「なあに、結婚してもバレエをつづけさせるという約束だから、この公演を機会に、今後もよろしくという意味でしょうよ。マダム、これはぼくからも頼みましたぜ」

「はあ、あの、それは、もちろんのこと。……」

と、田鶴子はなぜか息切れがするような調子で、

「それでは、先生にもよろしくと。……」

さりげなくいったつもりだったけれど、田鶴子の語尾は怪しくふるえた。そして、

「オーケー」

と、康雄が軽薄にとびだしていったあとも、しばらくはそのうしろ姿を見送ったまま、身じろぎもしなかった。

「先生、どうかなさいまして。お顔の色が悪いようですけれど……」

と、そばから弟子に尋ねられて、

「いいえ。なんでもないのよ。少し疲れているのね。これからがたいせつなときだというのに。……」

と、顔をそむけると指の先で、さりげなく眼がしらにキラリと光ったものをこすりとった。そして、つぶやくようにいった。

「さあ、みんな、元気を出しましょうね」

花束を持った康雄が楽屋へとびこんでいくと、早苗はいましもタイツ一枚の、ほとんど全裸に近い曲線を見せて、若い娘に衣装つけの手伝いをしてもらっているところだった。

「わっ、すてき！」

「あら、いや！」

早苗はゾーッと虫酸の走るような顔色をして、あわててガウンをひきまとうた。

「あなた、出ていって。こんなところへ入ってくるものじゃなくってよ」

「いいじゃあないか。旦那さんが奥さんの部屋を訪問するのに、なんの差し障りがあるんだい。第一、パパが行って激励してこいっていったんだぜ。いいからおれの前で衣装つけをしろよ。ここで見ててやるから」

と、椅子をひきよせて馬乗りになると、その背に顎をのっけてにやにやしている。

「あなた、ほんとうに出ていって。もうソロソロ出番なのよ。急がなきゃあならないんだから」

早苗の瞳のなかには静かな怒りが燃えている。

しかし、そんなことに気のつく男ではないし、また、気がついてもそれだけの思いやりのある男でもなかった。

「だからお急ぎよ。遠慮するこたぁないぜ」

手伝いの娘があきれかえったような顔をして、なにかをとりに部屋を出ていくと、康雄はしめたとばかりに椅子からとびあがった。

「早苗、ちょっと！」

と、こういうことには慣れているとみえて、腕をとってひきよせると、いきなり早苗の体を両手にかかえこんだ。

「あれ、な、なにをするんです！」

虚をつかれて、よろめく拍子に男の腕に抱きすくめられた早苗は、悔しさに腹のなかが煮えたぎるようであった。

「放してえ……放してえ……放さないと声を立てますよ」

「いいじゃあないか。キスぐらいさせろよ」

康雄は落ち着きはらっている。自分の胸をたたく女の両肘をがっきり羽交い締めにして、しだいに顔を寄せてくるところは、まったくこういうことに熟練しきっているという態度である。その眼は冷たい残忍さにかがやいていて、薄い唇がこの男の酷薄の相をあらわしている。

早苗の瞼は怒りのために真っ赤に染まっている。夢中になって首を左右にふるが、男のいやらしい唇はしだいに眼の前へ迫ってくる。早苗の背筋を、なんとも名状することのできない嫌悪感が走った。

「あの、お嬢さま」

と、そのとき、突然康雄の背後から、冷たい、落ち着きはらった声が聞こえた。

「たいへん、おそくなりまして……」

その声に康雄ははっと早苗の体を突き放した。

ああ、助かったと思うと、早苗はいっときに全身から力が抜けて、くたくたと鏡台の前の椅子にくずおれる。

体がまだがくがくとふるえていた。

ドアのところに立っているのはママである。

達子は例によって上から下までいっさい黒ずくめの衣装の上に、大きな洋傘を手に持っている。なんの感動も見せぬ無表情なその顔が、ちょっと物の怪のような無気味さを感じさせた。

康雄はちょっと呼吸を荒くして、にくにくしげに相手をにらんでいたが、すぐこの女のご機嫌もとっておかなきゃあと気がついたのか、うすら笑いを浮かべながら、

「ああ、ママさん、とんだところを見られたな。なあに、奥さんが甘えるんでね。あっはっは。それじゃ、早苗、またあとで」

捨て台詞を残して康雄が出ていくと、達子が早苗のそばへ寄って、両手で顔をおおうている彼女の肩に、そっとやさしく手をおいた。

「お嬢さま、さあ、衣装つけのお手伝いをいたしましょう。ママがおくれたのがいけなかったんです。さあ、元気をお出しになって。こんなことで調子が落ちると、松野先生に申しわけがございませんよ」

低い、静かな声ながら、ママのことばのなかには深い愛情があふれている。

早苗は手早く涙をふくと、鏡に向かって顔を直しながら、

「ママ」

「はい」

「もうどこへも行っちゃいやよ。ママさえそばについていてくれれば……」

「はい、はい、もうどこへもまいりはいたしません。舞台へお出になりましても、袖のところから見せていただきます」

「そうしてちょうだい、ママが身近にいてくれると思えば、あたしも勇気が出るんだから」

「はいはい、お嬢さま」

ママの声は少しふるえた。

康雄は楽屋から舞台を抜けると観客席へ出て、二階のボックスへ帰ってきた。そこには古館博士が椅子にふんぞりかえってプログラムに眼を落としていた。

「やあ、婿殿、奥さんに歓迎されたかい?」

と、古館博士は上機嫌である。

このあいだ倒れたということだけれど、いくらか年齢をとったかと思われる以外には、以前の博士といささかも変わりはない。元気で野性まる出しである。

「ええ、大歓迎ですよ、お父さん。キスをせがまれましてな」

「わっはっは、この色男め。それでキスしてやってくれたのかい」

「ところがあいにくママさんが入ってきましたのでね」

「あっはっは、あの婆あめ。馬に蹴られて死にゃあがれってね。まあ、いいや。この公演がすめば万事オーケーさ」

「お父さん、ほんとうですよ」

康雄はオペラグラスで階下の席をあちこちと見ていたが、

「ああ、お父さん、あそこに加納君が来てますよ」

「どれどれ、どこに……？」

と、古館博士はひったくるようにして、康雄の手からオペラグラスを奪いとると、康雄の指さしたほうへ焦点を合わせた。

加納三郎は階下のなかほどの席に座っていた。気のせいか妙にしょんぼりとして、眼鏡の光も寂しげだった。オペラグラスを持つ手がかすかにふるえた。

見つめている。古館博士は食いいるようなまなざしで、そのわびしげな横顔を見つめている。オペラグラスを持つ手がかすかにふるえた。

加納はむろんここに先生がいることを知っているのである。そして、その先生が自分のほうへオペラグラスを向けていることにも気がついているのである。

そのほうへ向いて挨拶をしたものかどうか。……

でも、とうとう加納はこちらをふりかえった。そして、こわばったような表情ながらにっこり笑って手をふった。

博士もそれにたいして手をふると、オペラグラスの焦点がにわかに涙でぼやけてきた。それをつれの男にさとられまいと、博士はあわててグラスの向きを他へ変える。観客席のあちこちを博士がオペラグラスで捜しているのを見て、

「お父さん、だれかお知り合いのひとでも……」

「ふむ、金田一先生が来ているはずなんだが……」

と、博士はなおもしばらく観客席のなかを捜していたが、やがてあきらめたのか、オペラグラスを康雄に返した。

「お父さん、金田一というひとですけれども、あのひとほんとに名探偵なんですか」

康雄の声の調子にはせせら笑うようなところがある。

「ああ、あれはえらい男だ。あんまりえらい男なんで孤独なんだね」

「しかし、そんなえらい探偵なら、こんどの事件だってなんとかなりそうなものじゃありませんか。ただ、ふらふらとそこらじゅうほっつき歩くばかりで、いっこう効果があがっちゃいないじゃありませんか」

「いや、金田一君はね、すでに事件の真相に気がついてるんじゃないかと思う」

「事件の真相に気がついているといって、それじゃ犯人を知ってるって意味ですか」

「ああ、そう」

「しかし、それじゃなぜ犯人を捕らえてしまわないんです」

「いや、それがあの男のやりかたでね。あらゆる証拠がそろわないかぎり手をくださな

いのだ。あの男はいま証拠をかき集めているところなんだろう」

「お父さんのおことばだが、ぼくはあのひとをそんなに買いませんねえ」

「ああ、向こうもおまえに買ってもらおうとは思ってないだろう。あっはっは」

古館博士はかわいた声をあげて笑うと、もうそれ以上、この婿殿の相手になろうとはしなかった。

さて、この公演についてはなにもいうことはない。ああいうショックがあったにもかかわらず早苗はよく踊った。ソロもよかったが、とりわけよかったのは男性第一舞踊手のK君相手のデュエットで、満場の観客を魅了したといってもいいすぎではない。

これでバレエ界における早苗の名声も確定したといってもよいだろう。

こうしていよいよフィナーレも幕近くなったころである。

康雄は古館博士が泣いているのに気がついた。

「あれ、お父さん、なにを泣いてるんですか」

「馬鹿いえ。娘があんなに喝采されるのを、親として泣かずにいられるかってんだ。この情け知らずめ」

「あっはっは、そうですか」

「だけど、泣いてるところをひとに見られるのはきまりが悪いや。おれ、うしろのほうで立って見るから、てめえはそのまま座ってろ」

「はっ、承知しました」

康雄はなにも気がつかず、椅子にもたれて舞台を見ている。

舞台はいよいよ幕近く、急テンポの群舞が、はなやかに展開されていた。

康雄の背後に立った古館博士は、すばやくあたりを見まわしたのち、ポケットから太い絹紐をとり出した。そして、両手でその絹紐の強さをはかりながら、康雄の首筋へ眼をやった博士の顔は、なんともいいようのない憎悪にゆがんでいた。

康雄はなんにも気がつかずに、椅子にもたれたまま舞台に拍手をおくっている。いま、舞台にはフィナーレの幕が静かにおりはじめている。博士はもう一度ギロリとあたりを見まわした。

と、そのときだ。

舞台の袖から突然奇妙な姿がスルスルと、踊り子たちのあいだをぬってすべりだしてきた。それは真っ黒な紗のベールを頭からすっぽりかぶった人物で、ちょっと西洋の絵に出てくる死神を連想させる姿をしていたので、康雄はそれもバレーの一部分だと思っていた。

しかし、踊り子たちのあいだに、ちょっとしたざわめきが起こったので、康雄もおやと拍手をやめて、前へ体をのりだしたとき、死神が黒いベールの下からとり出したのは、矢をつがえた弓だった。

「あっ!」

康雄は本能的に危険を感じて、椅子から立ち上がろうとしたがおそかった。死神の弓をはなれた真っ赤な矢は、康雄の心臓めがけてとんできたのである。

両手で絹紐をにぎったまま、古館博士は茫然として自分の足下にころがり倒れた康雄の胸を見おろしていた。そこには赤い矢羽根が山鳥の尾のようにふるえながら、のぶかく、ぐさりと突っ立っている。

博士はその矢から舞台の死神に眼をやった。

「ママ！……ママ！」

食いしばった博士の唇のあいだから、低い、悲愴な絶叫がほとばしる。博士はひきちぎらんばかりに、太い絹紐をにぎりしめていた。

そのとき、

「古館先生」

と、やさしくその肩へ手をおいて、

「その紐はぼくにください。警官に見られるとめんどうだから」

金田一耕助はすすり泣く博士の手から、静かに絹紐を手繰りよせると、自分の袂へしまいこんだ。

舞台では毒でもあおったのか、あの死神が骨を抜かれたようにくたくたとくずおれていく。それをこちらのボックスから、金田一耕助は涙にうるむ眼で見やりながら、

「先生、先生のやろうとなすったことは、全部ママが代わってやりとげました。ママを犬死にさせちゃあいけません」

碩学古館博士を犯罪から救うために、自分でそれをやりとげた犠牲者、佐伯達子の死体の上に、三田村文代追悼公演のフィナーレの幕が静かにおりていった。

第十七章　真相の真相　その一

すべては終わった。

佐伯達子はそのふところに長い切々たる遺書をのんでいたので、伊沢透からはじまるこの連続殺人事件の犯人は、すべて達子であることが明らかになった。そして、その動機としては三田村文代を死にいたらしめた復讐という一事があげられていた。

そこには多少疑問の点もあり、不明の謎も残されたが、達子があの赤い矢を持っていたという一事だけでも、彼女を他のふたつの殺人事件の犯人とするに十分な証拠となった。

それに、彼女は他のふたつの殺人事件の場合でも、十分チャンスを持っていたのだ。第一の殺人事件のばあい、階下から二階へあがっていったのは彼女だけだったし、第二の殺人事件のばあいにも、彼女は東京へ来ていたのだ。

第一の殺人事件のばあい、彼女は矢を逆手に持って相手を突き殺したのだが、それを窓の外から射殺されたように、いろいろ細工をしたために、オネスト・ジョンに迷惑をかけてすまなかったという意味のことが、切々たる文章でつづってあった。

第二の殺人事件のばあい、咽喉に残る親指の跡から、犯人はてっきり男と断定され、それが捜査当局を迷わせたのだが、佐伯達子は女としては、特別太い指を持っていることが改めて確認された。

こうして、犯人の自殺によって、さしも世間を騒がせた、連続殺人事件も終止符をうち、捜査本部も解散された。

佐伯達子のお葬式は当局の了解のもとに、早苗が喪主となって片瀬で施行されたが、思いのほか参会者が多かったのには、片瀬の住民を驚かせた。

それはおそらく三人の被害者の言語に絶する無軌道放埒な私生活が新聞によってあばかれた結果、犯人である佐伯達子にかえって世間の同情が集まったせいだろう。

それらの参会者のなかには松野田鶴子をはじめとして、バレエ団の連中もまじっていたが、なかに毛色の変わっていたのは、オネスト・ジョンこと駒田準とその妻の朱実のふたりである。オネスト・ジョンは目下銀座のバーでバーテンをしており、朱実はいまでもキャバレー『焔』で働いているのである。

古館博士は金田一耕助の紹介でふたりに会うと、ママが迷惑をかけたことについて陳謝した。それにたいしてオネスト・ジョンは笑いながら、

「いいえ、先生、それはこっちが悪いんです。前科者のうえに、なまじ伊沢をゆすろうなんて根性だったからバチがあたったんです。でも、金田一先生、もう悪事にはこりごりしましたよ。前科者であるがゆえに、あの逃避行のスリルをいやというほど味わわさ

れたんですからね。考えてみると、悪事ってずいぶんワリに合わない職業だってことがわかりました。自分はともかく、これにあんな想いをさせるのはもう真っ平です。いまんところ共稼ぎですが、そのうち稼ぎためたら自分でバーでも経営しようと思ってるんです」

と、案外小心者のオネスト・ジョンは、朱実をかえりみてしみじみ語った。

古館博士はそのあとで、佐伯達子の遺産の一部をさいて、オネスト・ジョンのバーの資金にあててもよいというようなことを金田一耕助に話し、その斡旋かたを依頼した。この物語のはじめにも書いておいたとおり、博士はママさんにかなり多くの財産を分けてあったのである。

この葬式の翌日、古館博士はまた倒れた。

こんどもまた致命的というほどの症状ではなく、あの事件から受けたショック、ならびに精神的過労によるもので、べつに心配なことはないが、少なくとも一ヵ月はできるだけ安静を守るようにと医者から要求された。

しかし、人事不省でいた最初の一日、博士の唇からしばしば、ママ……ママ……と、いうつぶやきがもれたのはうなずけるとして、ときおり、文代という名前がもれるのをきいたとき、枕頭につめきっていた早苗と加納三郎は、思わずはっと顔を見合わさずにはいられなかった。

そこにはじめてこの事件の、真相の真相にふれたような気がして、早苗は泣くまいとしても泣かずにはいられなかった。

さいわい、その翌日あたりから博士の容態は眼にみえて回復していったが、それでも安静を必要とする病人がいるので、佐伯達子の初七日の法要はごく少人数でとり行なわれた。この少人数のなかに金田一耕助と松野田鶴子がいた。

法要のあと金田一耕助と松野田鶴子は博士の枕頭に招かれて、長いこと話しこんでいたが、やがてそこから出てきたとき、珍しく田鶴子が眼を真っ赤に泣きはらしているのを見て、早苗と加納は思わず顔を見合わせた。

「早苗さん、加納君」

と、金田一耕助は厳粛な顔をして、

「先生の御希望によって、あなたがたに聞いておいていただきたいことがあるんですが……」

早苗と加納は眼でうなずきあうと、ふたりを客間へ案内して、ぴったりドアをしめきった。客間のベランダの外には、片瀬の町の向こうにおだやかに凪いだ海が見える。その海に浮いている江の島は、いま夕日を受けてあかね色にかがやいていた。

「たぶん、ふたりとももう気づいていらっしゃると思いますが、事の起こりは先生が三田村文代さんを愛されたことにあるんですね」

金田一耕助は刻々と色あせていく夕日のかげりに眼をやりながら、ボツリボツリと語りはじめた。

「先生が文代さんを愛していられたことは、おそらくあなたがたも気づかれたことでしょう。しかし、あなたがたは、それを自分の娘の友人にたいする愛情くらいに、軽く見過ごしていられた。ところが文代さんにたいする先生の愛情はもっと深く、別のものだった。先生は文代さんのなかに、若くして亡くなられた早苗さんのお母さんの面影を見いだされ、したがって文代さんにたいする愛情は結婚を終局の目標とする、つまり深い恋情だったのですね」

父の孤独を知っており、また、それに深い同情を寄せてきただけに、早苗ははふりおちる涙をおさえることができなかった。

加納三郎も眼鏡をくもらせ、田鶴子もまたこの傷ましい恋の終局を思ってもらい泣きをする。

「しかし、先生は……」

と、金田一耕助はことばをついで、

「自分と文代さんとの年齢の相違を考慮して、だれにもこの感情を見せなかった。そして、だれ知るまいと思っていたところ、ママさんがそれに気がついたんですね。ママさんは先生が長年にわたって、精神的にも肉体的にも、地獄のような孤独とたたかって、のたうちまわってこられたことをよく知っていた。そして、それにたいしてこのうえもなく同情を寄せていたから、先生の文代さんにたいする愛情に気がつくと、思いきって結婚するようにとすすめたんです。ママさんとしてはそれにはもうひとつ理由があったと思う。そのうちに早苗さんが結婚すれば、先生の孤独はいよいよ救われがたいものになるわけですからね」

「あたしたち、もっと早く先生のそういうお気持ちに、気づいてあげなければいけなかったのね」

田鶴子がしみじみといったとき、早苗はハンケチで眼をおさえ、声をのんで嗚咽した。

加納も眼鏡をはずして深く頭をたれている。

「先生のお話によると、ママさんから御自分の気持ちを指摘されたとき、子供のようにはにかまれたそうです。しかし、ママさんからいろいろ激励されて、とうとう再婚の決意をし、ママさんを通じて文代さんにプロポーズされたんですね。文代さんも、もちろんはじめは驚いたろうが、ママさんから先生のお気持ちをうかがっているうちに、自分でも先生の大きな愛情を受けいれたい気持ちになったんですね。しかし、文代さんもさすがに女として即答もなりかね、二、三日、待ってほしい。よく考えたうえ松野先生とも御相談のうえ、御返事申し上げたいという返事だったそうです。しかし、そのとき、文代さんの心がすでに決まっていただろうことは、早苗さんなんかも思いあたるところがあるでしょう」

早苗は声をたてて嗚咽しながら強くうなずいた。いまにして彼女は不幸な友の、非常に短かった幸福の日に、思いいたるのである。田鶴子も加納もともに泣いた。

金田一耕助は少し間をおいて、

「そこで先生は希望をもって文代さんの返事を待ち、そのうえで、あなたがたに打ち明けるつもりでいられたところが、あんなことになってしまった。文代さんの突然の死が、先生にとっていかに大きなショックだったか、あなたがたにもおわかりでしょう。なまじ希望をもっていられただけに、いっそう絶望の想いは強かったでしょう。しかも、そのあとで、先生のもとへこのような遺書が届いたのです」

金田一耕助がとり出したのは、涙でくしゃくしゃになった遺書だった。それは文代の涙でもあり、古館博士の涙でもあったろう。

そして、早苗も加納も涙なしにはそれを読むことができなかった。

古館先生——文代が生涯にただひとりお慕い申し上げた古館先生。

このあいだママさんから先生のお気持ちを聞かせていただいて以来、文代がどのような幸福な日々を送っていたか御推察くださいませ。女の浅はかさからすぐにお受けするのはきまりが悪く、御返事を後日に保留いたしましたが、あのときから文代の心は決まっていたのです。先生の大きな愛情にくるまれて生きていきたいと。……

古館先生。——文代の恋しき古館先生。

文代の世界は今夜突如としてひっくりかえってしまいました。文代は突然真っ暗な地獄の闇へつきおとされました。文代は今夜ある男の暴力にあって純潔を奪われてしまったのです。文代はもう生きていることはできません。この二、三日の幸福が幸福であっただけに、いまの文代のこの悲しさ！　この絶望！

先生、さようなら、さようなら。先生には幾久しくお栄えなさいますよう、あの世とやらからお祈り申し上げます。

哀れな娘より

追伸、なお御注意までに申し上げますが、文代を犯し、文代を死にいたらしめる憎い男は、早苗さまの三人の求婚者のひとりでございます。くれぐれも御注意なさいますよう。


読み終わった早苗は、その手紙を顔におしあてて、むせび泣いた。

不幸な友よ！　そして不幸な父よ！

加納三郎も松野田鶴子もともに泣いた。金田一耕助さえも眼頭を指でおさえた。

窓外はもう蒼茫（そうぼう）として暮れていき、江の島の灯がちらちらと、しだいに光をましてくる。

しばらく、間をおいてから、金田一耕助は話をつづける。

「さて、その遺書でとくに御注意ねがいたいのは、文代さんは自分を犯した男を、はっきりだれと指摘していないことです。早苗さまの三人の求婚者のうちのひとりとだけで、だれとも名前が書いてないでしょう。そこで、先生は三人とも殺してしまう決意をされたのです」

早苗と加納ははっとして顔をあげると、恐怖にみちたまなざしで金田一耕助を見直した。

田鶴子はいたわりをこめた眼で、早苗の顔を見守りながら、

「あたしが先生の立場にいたとしても、同じような決心をしたでしょうよ。あの三人、どうせ五十歩百歩の人間ですものね」

と、慰めるようにつぶやいた。

「そうです、それなんです」

と、金田一耕助もうなずいて、

「もちろん。先生は手をつくして、文代さんを犯した男をつきとめようとされたそうです。しかし、どうしてもそれがわからぬ以上、三人とも殺すよりほかに復讐の道はないと考えられた。マダムもいまいったとおり、どうせ五十歩百歩の人間なのだ、殺して惜しいやつじゃないと思われたんですね。むろん、先生は三人を殺して目的をとげたら、早苗さんを加納君に託しておいて、御自分も文代さんのあとを追って自殺するつもりでいられたそうです。だけど、そうなるとママさんの身の上が心配だから、あらかじめ財産を分けておかれたんですね。それから案出されたのが、あの奇抜な婿選びという趣向なんです」

ここまで語ると、金田一耕助は急に声をうるませて、

「さっき先生のおっしゃるのに、目的のためには手段を選ばずとはいうものの、早苗の

名誉や感情を犠牲にしたのはまことにすまなく思っている。よくあやまってほしいと。……それから、いずれはわかってもらえるとは思っていたが、加納の心がしだいに自分から離れていくのが寂しかったと。……」

早苗と加納はふたたび声をあげて泣いた。ことに加納は膝の上にポタポタ落ちる涙のしずくをぬぐおうともしなかった。

金田一耕助はふたりの感情が落ち着くのを待って、

「さて、あの婿選びですが、先生と文代さんとのいきさつを知らぬものには、また先生の御奇行かと、それほど深刻には思われないが、それを知っている人物、すなわち、ママさんのようなひとから見ると、すぐに先生の御計画がわかるのです。いや、その前にママさんは、先生に財産を分けていただいたときから、すでに先生の覚悟のほどに気がついていたんでしょう。そこで、ママさんが先生の御計画の先手先手と打っていったんです。そうすることによって、先生が罪を犯すことから守ってあげたわけで、そこにこの事件の異常性があったわけです」

金田一耕助はここでちょっと間をおいたのち、

「この事件についてぼくがもっとも苦しんだのは、あの前夜、問わず語りに先生が語られたユリシーズの物語といい、三本の矢尻を研いでおかれたことといい、どう考えても計画者は先生でいらっしゃるらしいのに、第一の事件では先生に完全なアリバイがあったということ。それが不思議でならなかったんですが、あとから考えるとそれも当然のことで、ママさんは先生と、それから加納さん、あなたのアリバイが完全に立証されることを確かめてから、透を殺しに行ったんです。ほら、覚えてるでしょう。ここでわれわれ三人が話しているとき、ママさんが透の居所をきいて、それから二階へあがっていきましたね。あのとき、ママさんは透が二階の自分の部屋にいることを知っていながらことさらぼくにあなたがたおふたりが、階下にいっしょにいるということを、印象づけようとしたんでしょう。あのときママさんはスーツの下に矢を隠していたんですね」

加納は力なくうなずきながら、

「あの矢はママさんが偶然発見したんでしょうか」

と、尋ねた。

「いいえ、それはそうではなく、ママさんはおそらく先生が貸しボート屋へ電話をかけて、三本の矢を届けるように注文していられるのを立ち聞きしたんです」

「じゃあ、あの電話は……？」

と、加納は思わず金田一耕助の顔を見直した。

「そうです、そうです。先生は透が電話をかけていたようにおっしゃったが、それは事実ではなく、先生が透の声色を使ってかけたんですね。では、先生はどうしてそれを知っていられたかというと、ここから貸しボート屋が見えますね。あの朝、先生は一同がここへ到着する前、透が貸しボート屋へ入っていくのを見られた。しかし、そのときはたいして気にもとめていられなかったが、午後になってああいうことが起こり、しかも矢を持って逃げたのが、貸しボート屋の健ちゃんと気づかれたので、透の計画をお悟りになり、それをまた逆に利用しようとされたんですね」

「それをママさんが立ち聞きしていて、矢が届けられると先生から隠して、自分で先手を打ったとおっしゃるんですか」

「そうです、そうです」

「しかし、金田一先生」

と、加納は涙のかわいた眼に眼鏡をかけ直すと、不思議そうに眼をしょぼつかせて、

「ママさんの遺書にも犯人が外部にいるように見せかけようとして、いろいろ細工をしたとありましたが、ママさんはいつそんなことをやったんです？　先生に透君の居所をきいて二階へあがっていったとき。……あのとき決行したとすれば、透君を突き殺すひまはあったでしょうが、ああいう細工をするひまはなかったんじゃあないでしょうか。ママさんは二階へあがったと思ったら、すぐおりてきたじゃありませんか」

加納三郎の質問に、金田一耕助はにこにこしながらペコリと頭をさげ、松野田鶴子はちょっと体をかたくした。

「あっはっは、加納さん、あなたのおっしゃるとおりですよ。そのことが捜査当局をあやまらせ、あの事件を迷宮入りさせてしまったんですからね。ここにこういうすごい協力者がいたということを、ついみんな見落としていたものですから」

第十八章　真相の真相　その二

「まあ、先生が……？」

早苗は思わず眼をみはり、加納はギクッと田鶴子の顔を見直した。

「松野先生、このひとたちに話してあげてください。こういうことはあとに疑問の残らないようにしておいたほうがよいのです」

「はあ」

と、田鶴子はびっくりしたように、自分を凝視しているふたりの視線に気がつくと、薄く頬を染め、ちょっと眼のやり場に困るというふうだったが、すぐまた思い直したように、ふたりの顔を見比べながら、

「このことは……」

と、落ち着いた、しっかりとした声で話しだした。

「ママさんがなにもかもひっかぶってくだすったので、このことは永遠の秘密にしておくつもりだったんですけれど、先生……こちらの先生もそれに疑問をもっておられ、また、金田一先生が万事を推理していられたので、さっきもこちらの先生に申し上げたのです」

と、田鶴子はひと息いれると、

「あなたがたも覚えていらっしゃるでしょうが、あたしの部屋は伊沢さんの部屋のすぐ前でした。しかもあのことがあったとき、あたしはもうバスからあがって、廊下に面したドアのすぐ内側にいたのです。するとまず、金田一先生と伊沢さんの声が聞こえ、伊沢さんは部屋へ入り、金田一先生は階下へおりていかれた御様子でした。ところが、それからまもなくまただれか階段をあがってきて、伊沢さんのお部屋へ入っていったもようでした。そのときはそれがママさんだとは気がつかなかったんですけれど、そのひとが部屋へ入ったと思うまもなく、低いうめき声と、なにかどさりと床に倒れるような音が聞こえたのです。あたしはなにかしら、はっとしました。それでドアの内側でじっと耳をすましていると、だれかが伊沢さんの部屋を出て、階段のほうへおりていくのです。そこでそっとドアをひらいて見たところが、階段をおりていくママさんのうしろ姿が見えました。ママさんの様子には少しも取り乱したところはなかったのですけれど、あたしはなんだか胸騒ぎがしてならなかったので、伊沢さんの部屋をのぞいてみたのです。そしたらそこに伊沢さんが、胸に矢を突っ立てて倒れていたのです」

早苗と加納は思わず手に汗を握りしめた。早苗は息使いも荒く、田鶴子の顔を見つめている。

田鶴子もさすがに蒼（あお）ざめていたが、それでもこわばったような微笑をふたりに向けると、

「あたしはいっとき茫然としました。ママさんが高見沢さんを殺したのなら話はわかる

のです。しかし、それが伊沢さんだっただけに、なにがなにやらわけがわかりませんでした。しかし、あたしはママさんが好きでした。それですから、あのひとを思いやりの深い、親切な、正しいひとだといつも信頼していたのです。それですから、ママさんが伊沢さんを殺したとすれば、それにはそれだけのりっぱな動機があるに違いない……と、そう思ったたん、はじめてなにもかもわかったのです。文代の求婚者がこちらの先生でいらしたんじゃあないかってこと。……そして、文代を死にいたらしめたのが伊沢さんじゃあないかってこと。……そう考えると、あたしは伊沢さんにたいするなんともいいようもない憎しみを感ずると同時に、ママさんのその行為にたいして、深い同情を禁ずることができなかったのです」

早苗の眼からまた涙があふれ落ちる。加納の眼鏡がふたたびくもってきた。

「これは加納さんも御存じでしょうが……」

と、田鶴子も涙をおさえながら、

「ママさんというひとは、全然自分というものを無にしてきたひとです。あのひとの全身全霊は早苗さんにささげられてきたのです。早苗さんとそれから早苗さんのお父さんに。……あのひとのすることなすことは、すべて早苗さんのためか、先生のためか、どちらかだったんです。それですから、その思いきった行為も当然、早苗さんか先生のためになしとげられたのだとしか考えられません。あたしはそのとき、ママさんのあまりにも大きな献身的な愛情に圧倒されたのです。あたしはママさんのけなげさに泣けそうになりました。しかし、すぐ泣いているばあいではない、なんとかしてママさんを守り、救わねばならぬと決心したのです。それについてまず第一にピーンと頭にきたのは金田一先生のことでした」

早苗と加納は頭をたれて田鶴子の話に耳をかたむけている。ふたりともしいんと身内がすくむ想いであった。

田鶴子はちょっとひと息いれると、

「金田一先生はそのとき階下にいらしたはずです。ひょっとすると、ママさんが二階へあがってくるのを見ていらしたかもしれない。このままだと、当然、ママさんに疑いがかかってしまう。なんとかしなきゃあ……なんとかしなきゃあ……と、考えているうちに、とうとうあんなことを思いついたんです」

「あんなことって、伊沢君が外から射られたように見せかける……？」

と、加納が眼鏡の奥から小羊のようにやさしい眼を向けた。

「ええ、そう」

と、田鶴子がさすがに鼻白むのを、金田一耕助がそばからはげますように、

「松野先生、こうなったらなにもかも話してあげてください。後日、二度とこのことについて話しあわなくともすむように。……」

「はあ」

と、田鶴子はちょっと瞼の染まった眼を早苗や加納のほうに向けながら、

「こんなお話をしたからって、あたしに犯罪者の素質があるなんてお思いになっちゃあいやよ。人間ていざとなるととんでもない知恵が出るものなのね。あたしがあんなことを思いついた最初のヒントというのは、そのときの伊沢さんの格好にあったんです。伊沢さんはそのとき上衣とワイシャツを脱ぎすて、メリヤスのシャツを脱ごうとしていたところだったらしいんです。それだけにママさんが隠し持った矢をとり出すのに気がつかなかったのね。だから矢は少し下のほうからむきだしになった胸の上に突っ立っており、衣類にはどこにも血がついていなかったんです。だから、いっそなにもかも脱がせてしまって、バスルームへつれていき、そこで外から射られたように見せかけたらどうかと思ったんですの」

「そして、……そして、……先生はそれを実行されたんですね」

「いやよ、加納さん、そんな眼で御覧になっちゃ……」

「いや、いや、いや、ぼ、ぼくとしては敬意を表してるつもりなんですけれど……」

「ほっほっほ、人間ていざとなったらどんな知恵でも出るし、またどんなことでもできるのね。それにあたし悪いことをしてるつもりはなかったの。ママさんのため、ママさんのため、……ママさんのようなやさしいかたでも、愛情のためならあんな思いきったことができるんだもの、あたしにだってこれくらいのことができなきゃあ……と、いわば一種のヒロイックな気持ちに酔ってたのね。それでまず、バスルームをのぞいたところが、いいあんばいに伊沢さんが、栓をねじって湯を出しておいてくれたので、バスタンクにはお湯が半分ほどたまっていました。そこで伊沢さんを裸にしかけたんですけれど、そのときふと思いついて、恵子ちゃんや滝ちゃんがあたしの部屋へ入ってきて、あたしのいないことに気づいちゃまずいと気がついたので、自分の部屋へとってかえすと、シャワーの栓をひねってきたんです。そうしておけばあたしがまだシャワーを使っていると思うだろうし、それだと遠慮して部屋へ入ってくるようなこともあるまいと思ったのです」

「どうです、加納君も早苗さんも。ここいらの芸のこまかいことといったら。……それじゃなんとか的素質がないこともないぜと、さっきもこちらの先生がお笑いになったんです」

金田一耕助は笑ったが、早苗も加納も笑う代わりにまた泣いた。ひとそれぞれのこまやかな思いやりが身にしみるのだ。それは恐ろしいことではあったけれど。……

「いやよ、金田一先生、そんなことおっしゃっちゃあ……あたしとしてはそれこそ一生懸命だったんですもの」

と、田鶴子はちょっと小娘のようなはにかみを見せて、

「さて、それからまた、伊沢さんの部屋へとってかえすと、伊沢さんをすっかり裸にして、バスルームへひきずっていったんです。さいわいあのひと小柄なほうですから、それほど骨の折れる仕事ではなかったんです。ただ、胸に突っ立ってる矢が抜けはしないかと、それだけが心配だったんですけれど。……」

「でも、シャワーの栓や窓ガラスに伊沢君の指紋がついていたというのは……？」

「そこに抜かりのあるマダムじゃないんだよ、加納君」

と、金田一耕助が感にたえたようにことばをはさんだ。

「マダムが伊沢君の手を持ちそえて、必要な個所へちゃんと伊沢君の指紋を残しておいたんだ。そればかりじゃない。伊沢君の体を半分バスにつけて、石鹸でゴシゴシ洗ったというんだからねえ」

「いまから考えるとよくあんなことができたと思うわねえ。でも、あたしとしてはバスタンクにお湯が八分目くらいたまるまでじっと待っていられなかったのよ。なにかしていないと、不安でしかたがなかったから。……そのうちに湯が八分目くらいたまったので、お湯のなかを石鹸の泡だらけにして、それから底の栓を抜き。……」

「どうして栓を抜いたんですか」

と、加納三郎が質問した。

「いや、それがこのマダムの怖いところでね。湯をそのままにしておいたら、あとで分析かなんかされて、伊沢君がほんとに入浴したんじゃないってことがわかりゃあしないかと思ったというんだ。実際また、精密に検査されればわかる場合もあるだろうからね」

「でも、それがあたしのミステークだったのね、金田一先生みたいなかたにかかっちゃ……」

「ミステークだったとは……？」

「いいえ、それはこうなの。そうしておいて伊沢さんの体をバスからひきあげ、窓をひらいておいて、ちょうど窓の外から射たれて、うしろへひっくりかえったような位置へ仰向けにしておいて、それから改めてシャワーの栓をひねったのね。そして、一方安全カミソリやなんかもほどよいところへおいてきたの。ところが金田一先生みたいなかたにかかると、ひげもそらない前にお湯の栓を抜き、シャワーを浴びるというのはおかしい……と、いうことね。それともうひとつ、あたし、バスルームには絶対に指紋を残すまいと気をつけていたんだけど、ドアの取っ手はうっかり握ったでしょう。それですからバスルームのドアも、寝室のドアの取っ手もハンケチでふいておいたの。だから、どちらの取っ手にも肝心の伊沢さんの指紋が残っていなかったでしょう。だから金田一先生ははじめからあれを、見せかけの小細工にすぎないと気がついていられたんですのね」

「しかし、バスルームの掛け金がなかからかかっていたのは……？」

「いいえ、あれは前にこちらへ泊めていただいたとき、外からバスルームのドアをしめた拍子に、ガチャンと自然にかかったことがあるんですの。それを思い出したものだから、二、三度やってみたら、うまく掛け金がかかったのね。だけど、そんなことでは金田一先生の眼はごま化せなかったんです」

「いいえ。マダム、あれは十分効果的だったんですよ。と、いうのは……」

と、金田一耕助は早苗と加納のほうへ向き直り、

「あのバスルームの状態が外から射たれたように見せかけるための細工としたら、犯人は当然屋内にいるわけですね。ところがどう考えても、あの矢を二階へ持ってあがるチ

ャンスをもっていたのはママさんしかないわけでしょう。そのママさんはあがっていったと思うとすぐおりてきた。とてもあんな手のこんだ細工をするひまはなかった。だからマダムは外から射たれたように見せかける細工には失敗なさったかもしれないけれど、ママさんにとっての時間的不可能、すなわち一種のアリバイを作ってあげることに成功なさったんです。いや、失礼しました。マダム、あとをおつづけになってください」

「はあ」

と、田鶴子はいささか照れぎみで、

「そうしてバスルームから出ると、伊沢さんの体から脱がせた衣類などを、ベッドの上にそろえていたんです。するとそのとき眼についたのがO・J生の手紙なんですけれど、そのときはまだ封も切ってなかったんです。だから思うにママさんは、部屋へ入ってみると伊沢さんがメリヤスのシャツを脱ごうとして、もがもがしているので、これさいわいとおやりになったのね。それはともかく、その手紙の封を切って……そのときももちろん指紋を残さぬように気をつけました。……なかを読んでみると一種の脅迫状でしょう。それで、それをもみくちゃにして、ベッドの下へつっこむと、伊沢さんの部屋を出て、自分の部屋へ帰ったんです」

田鶴子はそこで深いため息をつき、

「こうしてお話していると、ずいぶん長いことかかったようにお思いでしょうけれど、その間三分、いいえ、せいぜい五分くらいじゃなかったでしょうかねえ。お湯をみたすのにいちばん時間がかかったんです。さて、いろいろやっているうちは緊張のためにそれほど怖いとも思わなかったんですけれど、自分の部屋へ帰ってくると、急になんともいえぬ恐ろしさにうたれたんです。それで、さいわいまだお湯が落としてなかったので、もう一度バスにとびこむと、自分のやったことをしみじみ回想してみました。しかし、後悔はしなかったんです。これでママさんが助かれば、どんなにいいことかしらと思ったの。それにもう乗りかかった舟ですからね。ああして、O・J生という脅迫者が存在する以上、いっそう自分の細工を真実らしく見せかけようと決心して、お玄関にあった弓の一挺を裏の雑木林へ持っていって落ち葉の下へつっこんできたんです」

加納はまた眼鏡の奥で眼をみはった。

「あれはいつ……？」

「こうなったらなにもかもいってしまいましょう。ママさんの知らせで金田一先生とこちらの先生が二階へあがっていかれたでしょう。そのときあたしちょっと座をはずしたわね。あのとき、お玄関の窓から弓を一挺外へほうりだしてきたんです。それから警官たちが駆けつけてきてから、あたし裏の雑木林へ出ていったでしょう。あのとき、お玄関の窓からほうりだしておいた弓を拾っていったんです」

「でも、君やや菊やが先生の裏木戸から出ていくところを見たんでしょう？」

と、早苗もあまりの大胆さに眼をまるくする。

「いや、マダムはその前に弓を塀の外へほうり出しておいて、それから手ぶらで出ていくところをわざと君やや菊やに見せたんです。まあ、あれくらい大胆不敵にやられると、かえってこっちがめんくらっちまうんですね」

「でも、あとでオネスト・ジョンがあの雑木林をうろついてた形跡があると聞いたときには手に汗握ったわね。もし、弓を埋めるところを見られてちゃあたいへんですものね。それにもうひとつ、それ以上に手に汗握ったのはあの弓に、オネスト・ジョンの指紋がついてたとわかったとき。……そのときはあたしどうしようかと思ったわ。さいわい、金田一先生が別の方面からオネスト・ジョンの無実を証明してくだすったからよかったようなものの。……」

と、松野田鶴子は指先に巻いたハンケチで、額ぎわの汗をぬぐうと、

「あたしの話というのはそれだけなんです。自分ではずいぶん思いきったまねをしたつもりだったんですけれど、いまから思えばとてもママさんにはかなわないわね。金田一先生、その話をしてあげて。……」

「承知しました」

と、いままでにこにこしていた金田一耕助の顔が急にひきしまると、

「こちらの先生がぜひこの話も、あなたがたの耳に入れておいてほしいとおっしゃるので打ち明けるんですが、第二の犠牲者の神部大助君は、いったん先生に殺されたんです」

早苗と加納三郎がどきっとしたように金田一耕助の顔を見直す。しかし、金田一耕助は委細かまわず淡々たる調子で語りつづけた。

「あの日の夕方、先生は高見沢康雄と食事をともにされた。そのとき高見沢から神部大助が風邪気味で寝ているとお聞きになると、紅陽館へ出向いていって、大助の首を絞めて息の根を止め、それからY館ホールへ出向かれたんです。それがちょうど七時ごろのことでした。ところがのちに死体となって発見された神部大助は矢で突き殺されており、しかも十時ごろまで生きていたことが証明されたんですから、これはママさんが先生の立ち去ったあと、すぐ忍びこんで人工呼吸かなにかでいったん大助を呼び活けたとしか思えないんですね」

「そして……そして……十時になって改めて矢で……？」

と、加納は思わず大きくあえぎ、早苗はまた嗚咽する。

「そうです。そうです。七時からできるだけ離れた時刻で、しかも、先生のアリバイが完全に証明できる時間……ママさんは辛抱強くそれまで待っていたんですね。おそらくママさんは人工呼吸が功を奏し、大助の心臓が鼓動をうちはじめると、完全に意識をとりもどす前に、猿ぐつわをかませ、体をベッドにしばりつけ、いざとなったらいつでも決行できる身がまえで、三時間という長い間、洋服のなかに隠してきた矢を片手に持って、大助と対決していたに違いない。……ママさんにして、はじめてできることですね」

「ママさんは……ママさんは……そうして先生を殺人罪からお救いになったんですね」

加納三郎は男泣きに泣きだした。早苗は声をあげてせぐりあげ、田鶴子もまた改めてもらい泣きする。

金田一耕助は潮騒(しおさい)のような三人のすすり泣きの声をあとにして、つと立ち上がるとフランス窓のそばへ寄って外を見た。

もう日はすっかり暮れはてて、片瀬から江の島へかけて、点々とかがやく灯の色が美しかった。空にも星が降るようだ。

しばらくたって、三人の泣き声が小やみになるのを待って、金田一耕助はふりかえり、しみじみとした口調でこういった。

「早苗さんも加納君も。……先生は病気でお倒れになってかえってよかったんです。先生はママさんのお弔いが済んだあとで自決するつもりでいられたそうです。しかし、そのことはぼくと松野先生とで強くおいさめ申し上げました。それではママさんのあの傷ましい犠牲が水の泡になると。……そこであなたがたにお願いしたいというのは、ママさんの死を犬死にたらしめないこと。それからママさんの代わりになってあげていただきたいこと。ママさんは先生の代わりになって、文代さんの回向(えこう)をしていられたんです。あの鉦(かね)の音を聞くときの先生の御心中はどうであられたか。なまじ、希望をもっていられただけに、その反動としての孤独の悲しみはまたひとしおでおありだったと思う。しかも、いまはもうそのママさんもいない。先生の孤独をお慰めすることのできるのは、あなたがたおふたりをおいてほかにないということを、よく知っておいていただきたいと思うのです」

蝙蝠（こうもり）と蛞蝓（なめくじ）

一

　およそ世の中になにがいやだといって、蝙蝠ほどいやなやつはない。昼のあいだは暗い洞穴の奥や、じめじめした森の木蔭や、土蔵の軒下にぶらんぶらんとぶら下がっていて、夕方になると、ひらひら飛び出してくる。

　第一、あの飛びかたからして気に食わん。ひとを小馬鹿にしたように、あっちへひらひら、こっちへひらひら、そうかと思うとだしぬけに、高いところから舞いおりてきて、ひとの頬っぺたを撫でていく。子供がわらじを投げつけると、いかにもひっかかったような顔をして、途中までおりてくるが、いざとなると、ヘン、お気の毒さまといわぬばかりに、わらじを見捨てて飛んでいく。いまいましいったらない。ヨーロッパの伝説によると、深夜墓場を抜け出して、人の生血を吸う吸血鬼というやつは、蝙蝠の形をしているそうだ。またインドかアフリカにいる白蝙蝠というやつは、実際に動物の生血を吸うそうだ。そういう特別なやつはべつとしても、とにかく、これほど虫の好かん動物はない。いつかおれは夕方の町を散歩していて、こいつに頬っぺたを撫でられて、きもを冷やしたことがある。それ以来ますます嫌いになった。

　ところでおれがなぜこんなことを書き出したかというと、ちかごろ隣の部屋へ引っ越してきた男というのが、おれの嫌いな蝙蝠にそっくりなんだ。べつにつらが似ているわけじゃないが、見た感じがだ。なんとなくあのいやな動物を連想させるのだ。このあいだもおれがアパートの廊下を散歩していたら、だしぬけに暗い物蔭からふらふらと出てきて、すうっとおれのそばへ寄ってきやァがった。おれはぎゃっと叫んでその場に立ち竦んだが、するとやつめ、フフフと鼻のうえに皺を寄せ、失礼ともいわずに、そのままふらふらむこうへいってしまやァがった。いま考えてもいまいましいったらない。

　そもそも――と、ひらきなおるほどの男じゃないが、そいつの名前は金田一耕助というらしい。わりに上手な字で書いた名札がドアのうえに貼りつけてある。年齢はおれより七つか八つ年うえの、三十三、四というところらしいが、いつも髪をもじゃもじゃにして、冴えぬ顔色をしている。それにおかしいのは、こんな時代にもかかわらず、いつも和服で押しとおしている。ところがその和服たるやだ。襟垢まみれの皺苦茶で、なにしろああ敵のように着られちゃ、どんな筋のとおったもんでも耐まるまいと、おれはひそかに着物に同情している。しかし、ご当人はいっこう平気なのか、それともそういう取りつくろわぬ服装をてらっているのか、外へ出るときには、垢まみれの皺苦茶のうえに、袴を一着に及ぶんだから、いよいよもって鼻持ちがならん。その袴たるや――と、いまさらいうだけ野暮だろう。いまどき、場末の芝居小屋の作者部屋の見習いにもあんなのはいない。もっとも、小柄で貧相な風采だから、おめかしをしてもはじまらんことを自分でもちゃんと知っているのかもしれん。生涯うだつのあがらぬ人相だが、そこが蝙蝠の蝙蝠たるゆえんかもしれん。はじめおれは戦災者かと思っていたが、べらぼうに本をたくさん持っているところを見ると、そうでもないらしい。アパートのお加代(かよ)ちゃんの話によると、昼のうちは寝そべって、本ばかり読んでいるが、夕方になるとふらふら出かけていくそうだ。いよいよもって蝙蝠である。

「いったい、どんな本を読んでいるんだい」

おれが訊(たず)ねると、お加代ちゃんはかわいい眉(まゆ)に皺を寄せて、

「それがねえ、気味が悪いのよ。死人だの骸骨だの、それから人殺しの場面だの、そんな写真ばかり出てる本なのよ。このあいだ私が掃除に入ったら、首吊り男の写真が机のうえにひろげてあったからゾーッとしたわ」

フウンとおれはしかつめらしく顎(あご)を撫でてみせたが、心中では大変なやつが隣へきたもんだと、内心少なからず気味悪かった。職業を訊くとお加代ちゃんも知らんという。

「なんでも伯父さんがまえにお世話になったことがあるんですって。それでとても信用してんのよ。でも、あんな死人の写真ばかり見てる人、気味が悪いわねえ、湯浅(ゆあさ)さん」

お加代ちゃんもおれと同意見だったので嬉しかった。

それにしても、隣の男のことがこんなに気にかかるなんて、おれもよっぽどどうかしている。おれは戦争前からこのアパートにいるが、いままでどの部屋にどんなやつがいるか、そんなことが気になったためしはない。むろん、つきあいなんかひとりもない。もっとも、三階の、おれの真上の部屋にいる山名紅吉(やまなこうきち)だけはべつだ。その紅吉が、このあいだ、心配そうにおれの顔を見ながらに、こんなことをいった。

「どうしたんです。湯浅さん、お顔の色が悪いようですね。どこか悪いんじゃありませんか」

「うん、どうもくさくさして困る。つまらんことが気になってね」

「まだ、裏の蛞蝓（なめくじ）女史のことを気にしてるんじゃないですか。あんな女のこと、いいかげんに忘れてしまいなさい。ひとの身よりもわが身の上ですよ」

「ううん、いまおれが気にしてるのは、蛞蝓のことじゃない。こんど隣へ引っ越してきた、蝙蝠男のことだ」

「はてな、蝙蝠たアなんです」

そこで、おれが蝙蝠男の金田一耕助のことを話してやると、山名紅吉は心配そうに指の爪をかみながら、

「あなた、それは神経衰弱ですぜ。気をつけなければいけませんね。当分学校を休んで静養したらどうですか」

それから紅吉は、情なさそうに溜息をつくと、

「いや、お互い、神経衰弱になるのも無理はありませんね。私なんぞも、いつまで学資がつづくかと思うと、じっとしていられないような気持ちですよ。今月はまだ部屋代も払ってないしまつでしてね」

と、さみしそうな声でいう。そこでおれもにわかに同情をもよおして、

「田舎のほう、やっぱりいけないのかい」

と、親切らしく訊いてやった。

「駄目ですね。財産税と農地改革、二重にいためつけられてるんですから、よいはずがありません。没落地主にゃ秋風が身にしみますよ。学資はともかく、部屋代だけはなんとかしなきゃあと思ってるんですがね」

「なあに、部屋代のことなんざあどうでもいいさ。君にゃお加代がついているんだから大丈夫だよ」

おれがそういってやると、

「ご冗談でしょう」

と、紅吉はあわてて打ち消したが、そのとたんにポーッと頬を赧らめるのを見たときにゃあ、われにもなく、おれは妬ましさがむらむらとこみ上げてきた。山名紅吉、名前もなまめかしいが、実際、大変な美少年である。

「ご冗談でしょう？　ヘン、白ばくれてもわかってるよ。君がお加代とよろしくやっていることを、おれはちゃあんと知ってるんだ。君はうまうま人眼を欺いているつもりだろうが、ヘン、そんなことでごまかされるもんか。だいたい君はみずくさいぜ。まえの下宿を追い出されてさ、いくところがなくて弱っているのをここのおやじの剣突剣十郎に口をきいてやったのはこのおれだぜ。いわば、このアパートでは先輩のおれだ。しかるになんぞや、いつのまにやら先輩を出し抜いて、お加代をものにするなんぞ……いや、なに、それはいいさ、それはいいが、なにも先輩のおれに隠し立てするこたァないじゃないか。お加代とできたのならできたと……」

おれは急にパックリと口を噤んだ。紅吉があっけにとられたように、まじまじとおれの顔色を見ているのに気がついたからである。いけない、いけない、おれはやっぱり神経衰弱かしらん。内かぶとを見透かされたような気がして、おれは急にきまりが悪くなった。ぬらぬらとした冷汗が、体中から吹き出してきた。そこで、照れかくしに、かんらかんらと豪傑笑いをしてやった。それからこんなことをいった。

「そんなことは、ま、どうでもいいや。金のことだって、いまになんとかなるさ。金は天下のまわりものさ。裏の蛞蝓を見い。このあいだまで、メソメソと、死ぬことばかり考えていやァがったが、ちかごろ、にわかに生気を取り返しゃアがったじゃないか」

「それゃア、裏の蛞蝓女史は、ああして売り飛ばす着物を持っとるです。しかし、われわれときた日にゃ……」

「まったく逆さにふるっても鼻血も出ないなア。君はそれでも、お加代がついてるだけましだよ」

「まだ、あんなことをいってる。それよりねえ、湯浅さん。裏の蛞蝓女史ですがね、きょうまた着物を売って、たんまり金が入ったらしいですよ。さっき三階の窓から見ていたら、手の切れそうな札束の勘定をしてましたよ。ぼくアもう、それを見ると、世の中がはかなくなりましてねえ」

「ふうん」

おれは溜息とも、呻き声ともつかぬ声を吹き出した。それからにわかに思いついてこういった。

「おい、山名君、君、お加代だが、ひとつあの蛞蝓女史にモーションをかけてみないかい」

「蛞蝓女史に、モーション、かけるんですって?」

紅吉はびっくりしたように、一句一句、言葉を切ってそういうと、眼をパチクリさせながら、おれの顔を見なおした。

「そうさ、君なら大丈夫成功するよ。いや、あいつ、とうから君に思し召しがあるんだ。だからああして、わざと縁側に机を持ち出して、あんな変てこな書置きを書きやがるんだ。あれゃアつまり、君の同情をひこうという策戦だぜ。だからさ、なんかきっかけをこさえて、インギンを通ずるんだね。そして、嬉しがらせのひとつもいってやってみろ。部屋代の心配なんか、たちどころに雲散霧消すらあ。おい、山名君、どうしたんだい。逃げなくたっていいじゃないか。ちょっ、意気地のねえ野郎だ」

山名紅吉がこそこそと部屋を出ていってからまもなく、階下のほうでお加代さんの弾けるような笑い声が聞こえたので、おれはぎょっとした。気のせいか紅吉の声も聞こえるような気がする。ちきしょう、ちきしょう、ちきしょうと、おれは切歯扼腕した。なにもかも癪にさわってたまらん。お加代も紅吉も蝙蝠男も蛞蝓女も、どいつもこいつも鬼にくわれてしまやぁがれ!

二

きょう、おれは学校からの帰りがけに、素晴らしいことを思いついた。そこで晩飯を食ってしまうと、さっそく机に向かって原稿紙をひろげ、まず、

蝙蝠男――

と、題を書いてみた。だが、どうも気に食わんので、もうひとつそのそばに、

人間蝙蝠――

と、書き添えてみた。そしてしばらく二つの題を見くらべていたが、結局どっちの題も気に入らん。第一、こんな題をつけると、江戸川乱歩の真似だと嗤われる。そこで二つとも消してしまうと、あらためてそばに、

蝙蝠――

と、書いた。これがいい。これがいい。このほうがよっぽどあっさりしている。さて、題がきまったので、いよいよ書き出しにかかる。

ええ――と、蝙蝠男の耕助は――なんだ、馬鹿に語呂がいいじゃないか。蝙蝠男の耕助か……ウフフ、面白い、面白い。だが――その後なんとつづけたらいいのかな。いや、それより蝙蝠男の耕助に、いったいなにをやらせようというんだ。――おれはしばらく原稿紙をにらんでいたが、そのうちに頭がいたくなったので、万年筆を投げ出して、畳

の上にふんぞり返った。実はきょうおれは、学校の帰りに、蝙蝠男の耕助をモデルにして、小説を書いてやろうと思いついたのだ。その小説のなかで、あいつのことをうんと悪く書いてやる。日頃のうっぷんを存分晴らす。そうすれば、溜飲がさがって、このいらいらとした気分が、いくらかおさまりやせんかと思ったのだ。

しかし、いよいよ筆をとってみると、なかなか生優しいことで書けるのでないことが判明した。第一、おれはまだ、蝙蝠男の耕助に、なにをやらせようとするのか、それさえ考えていなかった。まず、それからきめてかからねばお話にならん。そこでおれは起き直ると、書こうとすることを箇条書きにしてみる。

一、蝙蝠男の耕助は気味の悪い人物である。

二、蝙蝠男の耕助は人を殺すのである。

と、そこまで書いて、おれは待てよと考え直した。耕助に人殺しをさせるのは平凡である。そんなことで溜飲はさがらん。そこで筆をとって次のごとく書きあらためた。

二、蝙蝠男の耕助は人を殺すのではない。他人の演じた殺人の罪をおわされて、あわれ死刑となるのである。

うまい、うまい、このほうがよろしい。このほうがはるかに深刻である。身におぼえのない殺人の嫌疑に、蒼くなって周章狼狽している蝙蝠男の耕助の顔を考えると、おれはやっと溜飲がさがりそうな気がした。ざまァ見ろだ。さて——と、おれはまた筆をとって、

三、殺されるのは女である。女というのはお加代である。

と、いっきに書いたが、書いてしまってから、おれはどきっとして、あわててその項を塗り消した。一本の線では心配なので、二本も三本も棒をひいた。おれはよっぽどどうかしている。お加代を殺すなんて鶴亀鶴亀、あの子はおれに好意を持っている。いや、ちかごろ山名紅吉が移ってきてからは、少し眼移りがしているらしいが、元来、あの子はおれのものである、と、おれは心にきめとる。それにあの子がおらんと、このアパートは一日もたちゆかん。あの子はここの経営者、剣突剣十郎の姪だが、おやじの剣十郎はどういうものか、とかくちかごろ病いがちである。鬼のカクランで、しょっちゅう床についている。あの子がおらんと、アパート閉鎖ということにならぬとも限らん。あの子はまあ生かしておくことにしよう。

そこでおれはあらためて、どこかに殺されても惜しくないような女はおらんかと物色したが、するとすぐ思いついたのが裏の蛞蝓女。おれははたと膝をたたいた。そうだ、そうだ、あの女に限る。第一、あいつ自身、死にたがって、毎日ほど書置きを書いてやがるじゃないか。あの女を殺すのは悪事ではなくて功徳である。そこでおれはあらためてこう書いた。

三、殺されるのは女である。女というのは蛞蝓女のお繁である。

こうきまるとおれは俄然愉快になった。一石二鳥とはこのことだ。蝙蝠男が隣へ引っ越してくるまでは、おれの関心の的はもっぱらこのお繁だったが、いまや一挙にしてふたりを粉砕することができる。名案、名案。

ところで小説というものは、いきなり主人公が顔を出しても面白くないから、まず殺されるお繁のことから書いてみよう。お繁のことならいくらでも書けそうな気がする。

そこでおれはしばし沈思黙考のすえ、あらためて題を、

蝙蝠と蛞蝓——

と、書いた。それから筆に油が乗って、いっきにつぎのごとく書きとばした。

三

いったい、その家というのは路地の奥にあるせいか、よくお妾が引っ越してくる。このまえ住んでいたのも女給あがりのお妾だったが、その後へ入ったお繁もお妾である。お繁がその家へ入ってから三年になるが、戦争中はたいそう景気がよかった。それというのがお繁の旦那が軍需会社の下請けかなんかやっていて、ずいぶんボロイ儲けをしていたからだ。

ところが敗戦と同時にお繁の運がかたむきはじめた。まず、旦那が警察へ引っぱられたのがけちのつきはじめだった。聞くところによると、終戦のどさくさまぎれに、悪いことをやったのが暴露して、当分娑婆へ出られまいとのことである。だが、そのころお繁はまだそれほど参ってはいなかった。戦争中旦那からしぼり上げた金がしこたまあ

って、当分、楽に食っていけるらしかった。ところが、そこへやってきたのが貯金封鎖、ついでもの凄いインフレだ。貨幣価値の下落とともに、彼女は二進も三進もいかなくなった。お繁が二言目には死にたい、死にたいといい出したのはそれ以来のことである。

もっともこの女には昔からヒステリーがあって、よく発作を起こす。ただしその発作たるや唐紙を破るとか、着物を食いやぶるとか、ひっくりかえって癪を起こすとか、そういうはなばなしいやつではなくて、妙に陰にこもるのである。その発作がちかごろ慢性になったらしい。すっかり窶れて蒼白い顔がいよいよ蒼白くなった。いや、蒼白いというよりは生気のない蒼黒さになった。そして、髪もゆわず、終日きょとんと寝床の上に坐っている。外へ出ると、世間の人間、これことごとく敵である、というような気がするらしい。

こういうわけでお繁はもう、広い世間に身のおきどころのないような心細い気持ちになり、さてこそ、ちかごろ死にたい、死にたいとやりだしたわけだ。しかも彼女は口に出していうのみならず、紙に向かって書きしるす。まず彼女は縁側に机を持ち出す。そのうえに巻紙をひろげる。そして、書置きのことと、わりに上手な字で書く。そしてそのあとへさんざっぱら、悲しそうなことを書きつらねる。書きながら、ボタボタと涙を巻紙のうえに落とす。これがちかごろの日課である。

ところで、お繁の家のすぐ裏には、三階建てのアパートがあって、その二階に湯浅順平という男が住んでいる（これは下書きだから、おれの本名を書いとくが、いよいよの時には、むろん名前は変えるつもりだ）。順平の部屋の窓からのぞくと、お繁の家が真下に見える。障子が開いてると座敷の中は見透しで、床の間の一部まで見える。順平はまえからお繁が嫌いであったが、ちかごろではいよいよますます、彼女を憎むことがはげしくなった。髪もゆわずに、のろのろしているお繁を見ると、日陰の湿地をのたくっている蛞蝓を連想する。順平は蛞蝓が大嫌いだ。

そのお繁がちかごろ縁側に机を持ち出して、毎日お習字みたいなことをやりだしたのはよいとして、書きながら、しきりにメソメソしている様子だから、さあ、順平は気になりだした。この男は一度気になりだすと、絶対に気分転換ができない性である。そこである日こっそりと、友人の山名紅吉のところから持ち出した双眼鏡で、お繁の書いているところのものを偵察したが、するとなんと書置きのこと。

これには順平も驚いた。驚いたのみならず、にわかにお繁が憐れになった。いままで憎んでいたのが相済まぬような気持ちになった。自業自得とは申せ、思えば不愍なものであると、大いに惻隠の情をもよおした。

こうして順平が同情しながら、一方、心ひそかに期待しているにもかかわらず、お繁はいっこう彼の期待に添おうとしない。つまり自殺しようとせんのである。それでいて、毎日、『書置きのこと』を手習いすることだけはやめんのだから妙である。はじめのうち順平は、正直にきょうかあすかと待っていたが、しまいにはしだいにしびれが切れてきた。

「ちきしょう自殺するならさっさと自殺しゃアがれ！」

だが、それでもまだしゃあしゃあと生きているお繁を見ると、順平はムラムラと癇癪を爆発させた。

「ちきしょう、ちきしょう。あいつは結局自殺なんかせんのだ。書置きを書くのが道楽なんだ」

ところがある日、順平は大変面妖なことを発見した。昨日までメソメソとして、書置きばかり書いていたお繁が、きょうは妙ににこにこしている。はて、面妖な、これはいかなる風向きぞと、順平が驚いて偵察をつづけていると、まもなく彼女はどこからか、手の切れそうな紙幣束を持ち出して勘定をはじめたから、さあ、順平はいよいよ驚いた。驚くというより呆れた。呼吸をのんで双眼鏡をのぞいてみると、札束はたっぷりと一万円はあった。お繁はそれを持って久しぶりに、しゃなりしゃなりと外出していったのである。

あとで順平が、狐につままれたような顔をして、ポカンと考えこんでいた。いったい、どこからあんな金を――と、そこで、彼ははたと膝をたたいたのである。まえの晩のことである。お繁は二、三枚の着物を取り出して、妙に悲しげな顔をしながら、撫でたりさすったりしていたが、さてはあの着物を売りゃアがったにちがいない……。

この金があるあいだ、お繁は幸福そうであった。毎日パリッとしたふうをして、いそいそと楽しげに出かけていった。そして毎晩牛肉の匂いで順平を悩ませ、どうかすると、三味線など持ち出して浮かれていることもあった。ところがそれも束の間で、日がたつにしたがって、風船の中から空気が抜けていくみたいに、眼に見えて、お繁の元気がしぼんでいった。そして髪もゆわず、白粉気もなくなり、寝間着のままのろのろしている日が多くなったかと思うと、またある日、縁側に机を持ち出して、書置きのこと。

お繁はなんべんもなんべんもそんなことを繰り返した。そして、いよいよますます、順平をじりじりさせた。この調子でいけば、お繁の自殺は、いつになったら実現するかわからん、と順平は溜息ついた。着物道楽の彼女は、まだまだ売代にこと欠かん様子である。インフレはますます亢進していくが、その代わり、着物もいよいよ高くなっていくから、この調子ではあと一年や二年、寿命が持つかもしれん。それにだ、お繁はまだ若いのである。お化粧をして、パリッとしたみなりをしているところを見ると、まだまだ男を惹きつける魅力を持っとる。いつなんどき、ヤミ屋の親分かインフレ成金がひっかからんもんでもない。そうなったらもうおしまいである。未来永劫、彼女の自殺を見物するという楽しみは消し飛んでしまう……。

順平はだんだんあせり気味になったが、そういうある日、お繁は妙なものを買ってきた。金魚鉢と金魚である。世の中には金があると、うずうずして、なんでもかんでも手当たりしだい、買わずにいられんという人間があるもんだが、この女もそういう人種のひとりにちがいない。順平もそういう金魚鉢を、ちかごろ表通りのヤミ市でたくさん売ってるのを知っているが、そこから買ってきたにちがいない。ふつうありきたりのガラスの鉢で、縁のところが巾着の口みたいに、ひらひら波がたになっているあれだ。中に金魚が五、六匹泳いでいる。

　つまらんものを買ってきたなと順平は心で嗤ったが、お繁がこの金魚ならびに金魚鉢を大事にすることは非常なものである。彼女は毎日水をかえてやる。ところが、この女はモノメニヤ的性向が多分にあると見えて、水をかえてやるのが大変なのである。彼女はいちいち物尺を持ってきて、水の深さを測量する。なんでも、金魚鉢の首のところまで、きっちりしなければ承知ができんらしい。それより多くても少なくても、注ぎ足したり汲み出したり、そして、そのたびにいちいち物尺で測り直すのだから大変だ。さて、ようやく水の深さに納得がいくと、こんどはそれを、床の間へかざるのがまたひと仕事だ。なんでも、左の床柱からきっちり一尺のところへ置かんと気がすまんらしい。これまた、いちいち物尺で測ったのちに、やっと彼女は満足するのである。

　こういう様子を見ていると、順平はいちいち、神経をさかさに撫でられるようないらだたしさを感じた。切なくて呼吸がつまりそうであった。ちきしょう、ちきしょう、ちきしょう。――と、全身がムズがゆくなるようないらだたしさに、順平は七転八倒するのである。殺してやる、殺してやる、殺してやる。――と、つい夢中になって叫んでいるうちに、彼ははっとして、自分の心のなかを見直した。そして、恐ろしさに、ブルルと身をふるわせた。しばらく彼は、しいんと黙りこんで、視線のさきをあてもなく見つめていた。

ふいに彼はけらけらと笑った。それから、なぜいけないいんだ。あの女を殺すことがどうしていけないんだと自問自答した。あの女は蛞蝓である。蛞蝓をひねりつぶすのに、なんの遠慮がいるものか。しかもあいつは道楽とはいえ、死にたがって毎日ほど書置きを書いているのではないか。

「よし」

と、そこで順平は決心の臍をさだめる。すると、近来珍しく、胸中すがすがしくなるのを感じたが、しばらくすると、しかし、待てよと、また小首をひねった。あの女は蛞蝓である。その点、疑う余地はない。しかし、あの女の正体を看破しているのは自分だけである。世間ではあいつ、立派に人間の牝でとおっている。とすれば、あんなやつでも殺したら、いや、殺したのが自分であるということがわかったら、やっぱり自分は警察へ引っぱられるかもしれん。悪くすると死刑だ。死刑はいやだ。蛞蝓と生命の取りかえはまっぴらである。

ここにおいて順平が思いついたのが、蝙蝠男の耕助のことである。そうだ、そうだ、ここにおいて蛞蝓を殺して、その罪を蝙蝠にきせる。おれの代わりに蝙蝠が死刑になる。ここにおいておれははじめて、めでたし、めでたしと枕を高くして眠ることができる。ああ、なんという小気味のよいことだ。考えただけでも溜飲がさがるではないか……。

四

おれはいっきにここまで書いて筆をおいた。これからいよいよ佳境に入るところだが、そういっぺんには書けん。ローマは一日にして成らず、傑作は一夜漬けではできん。それに第一、いかにして蛞蝓を殺すか、そしてまた、いかなるトリックを用いて、蝙蝠に罪をきせるか、それからして考えねばならん。それはまあ、いずれゆっくり想を練ることにして、――と、おれはひとまず筆をおさめて寝ることにした。その晩おれは久しぶりによく眠った。

ところが翌日になると、おれはすっかり小説に興味を失ってしまった。昨夜書いたところを読み返してみたが、阿房らしくておかしくてお話にならん。こんなものをなぜ書いたのか、どうして昨夜は、これが一大傑作と思われたのか、自分で自分の神経がわからん。そこでおれは本箱のなかに原稿を突っ込んでしまうと、きれいさっぱりあとを書くことを諦めた。諦めたのみならず、そんなものを書いたことさえ忘れていた。

ところが、――である。半月ほどたって大変なことが起こったのである。

おれはその日も、いつもと同じように学校へいって、四時ごろアパートへ帰ってきたが、見ると、表に人相の悪い奴がふたり立っていた。おれがなかへ入ると、そいつら妙な眼をして、ギロリとおれの顔を睨みやアがった。虫の好かん奴だ。おれはしかし、べつに気にもとめんとアパートの玄関へ入ったが、するとそこにお加代ちゃんと紅吉のやつが立っていた。ふたりともおれの顔を見ると、おびえたように、二、三歩あとじさりした。おれがなにかいおうとすると、お加代ちゃんは急に真っ青になって、バタバタむこうへ逃げてしまった。紅吉のやつもこわばったような顔を、おれの視線からそむけると、これまたお加代ちゃんのあとを追っていきやアがった。

どうも変なぐあいである。

しかし、おれはまだ気がつかずに、そのまま自分の部屋へ帰ってきたが、すると、さっき表に立っていた人相の悪いふたりが、すうっとおれのあとから入ってきやアがった。

「な、なんだい、君たちゃア――」

「湯浅順平というのは君ですか」

こっちの問いには答えずに、むこうから切り出しアがった。いやに落ち着いたやつだ。

「湯浅順平はおれだが、いったい君たちゃア――」

「君はこれに見憶えがありますか」

相手はまた、おれの質問を無視すると、手に持っていた風呂敷包みを開いた。風呂敷のなかから出てきたのは、べっとりと血を吸った抜身の短刀だが、おれはそれを見るとびっくりして眼を見はった。

「なんだ、どうしたんだ、君たちゃア。その短刀はおれのもんだが、いつのまに持ち出したんだ。そしてその血はどうしたんだ」

「むこうにかかっているのは君の寝間着だね。あの袖についているしみはいったいどうしたんだね」

相手は三度おれの質問を無視しゃアがった。しかし、おれはもう相手の無礼をとがめる余裕もなかった。重ねがさね妙なことをいうと、後ろの柱にかかっている、寝間着に眼をやったが、そのとたんおれの体のあらゆる筋肉が、完全にストライキを起こしてしまった。白いタオルの寝間着の右袖が、ぐっしょりと赤黒い血で染まっているのである。

「この原稿は、――」

と、人相の悪い男がおれの顔を見ながらまたいった。

「たしかに君が書いたものだろうね」

「わ、わ、わ、わ、わ!」

おれはなにかいおうとしたが、舌が痙攣して言葉が出ない。人相の悪いふたりの男は、顔見合わせてにやりと笑った。

「河野君、そいつの指紋をとってみたまえ」

おれは抵抗しようと試みたが、何しろ全身の筋肉が、完全におれの命令をボイコットしているのだからどうにもならん。不甲斐なくもまんまと指紋をとられてしまった。人相の悪いやつはその指紋を、別の指紋と比較していたが、やがて薄気味悪い顔をして頷き合った。

「やっぱりそうです。まちがいありません」

「い、い、いったい、君たちゃア」

突然、おれの舌がストライキを中止して、おれの命令に服従するようになった。そこでふたたびスト態勢に入らぬうちにと、おれは大急ぎでこれだけのことを怒鳴った。

「き、き、君たちゃなんだ。勝手にひとの部屋に闖入して、いつのまにやらおれの原稿を探し出したり、そ、そ、それは新憲法の精神に反するぞ」

人相の悪い男はにやりと笑った。そしてこんなことをいった。

「まあ、いい。そんなことは警察へきてからいえ」

「け、け、警察——？　おれがなぜ警察へいくのだ。おれがなにをしたというんだ」

「君はな、昨夜、その原稿に書いたことを実行したのだ。君のいわゆる蛞蝓を、この短刀で刺殺したのだ。さて、お繁を殺したあとで、君は金魚鉢で手を洗った。そのことは、金魚鉢の水が赤く染まっているのですぐわかるんだ。ところが、君はそのとき、ひとつ大縮尻を演じた。金魚鉢の縁をうっかり握ったので、そこに君の指紋が残ったのだ。なあ、わかったか。その短刀は、だれかが盗んだのだと言い訳することができるかもしれん、また、寝間着の血痕にも、もっともらしい口実をつけることができるかもしれぬ。しかし、金魚鉢に残った指紋ばかりは、言い抜けする言葉はあるまい。あるか」

なかった。第一、おれはお繁の家の金魚鉢になど、絶対にさわった覚えはないのだから。

「よし、それじゃ素直に警察へついてきたまえ」

人相の悪い男が左右からおれの手をとった。おれは声なき悲鳴をあげるとともに、首を抜かれたように、ぐにゃぐにゃその場にへたばってしまった。

五

それからのち数日間のことは、どうもよくおれの記憶に残っていない。警察へ引っぱられたおれは、五体の筋肉のみならず、精神状態までサボタージュしていたらしい。元来おれは小心者なのだ。警察だのお巡りだのと聞くと、この年になっても、五体がしびれて恐慌状態におちいるという習慣がある。だから、はじめのうちはいっさい無我夢中だった。うまく答えようと思っても、舌が意志に反してうまく回らなかった。そして、そのことがいよいよ警察官の心証を悪くすることがわかると、ますますもっておれは畏縮するばかりだった。

ところが――ところがである。四、五日たつと、警部の風向きが変わってきた。大変優しくなってきたのである。そして、こんなことを訊くのである。あなたは――と、にわかにていねいな言葉になって、お繁の家にあるような金魚鉢を、どこかほかでさわってみたことはないか。ああいう金魚鉢を、お宅の近所のヤミ市でたくさん売っているが、いつかそれにさわってみたことはないか、これは大事なことだから、ようく考えて、思い出してください、とそんなことをいうのだ。しかし、考えてみるまでもない。おれは何年も金魚鉢などさわったことがなかった。そこで、そのとおりいうと、警部はふうんと溜息をもらした。そして憐れむようにおれの顔を見ながら、あなたはきっと、度忘れをしているにちがいない、きっと、どこかでさわったにちがいない、今夜、ようく考えて思い出してごらんなさいといった。どうもその口ぶりから察すると、それを思い出しさえすれば助かるらしい気がしたが、憶えのないことを思い出すわけにはまいらん。

ところがその翌日のことである。いつものように取調室へ引っぱり出されたおれは、突然はっと、なにもかも一時に氷解したような気がした。と、いままでストライキしていた舌が、急におれの命令に服従するようになった。おれは大声でこう怒鳴った。

「そいつだ、そいつだ。その蝙蝠だ。そいつがやったことなのだ。そしておれに罪をかぶせやアがったのだ」

おれは怒り心頭に発した。地団駄ふんで叫んだ、怒鳴った、そして果てはおいおい泣きだした。あのときなぜ泣いたのかしらんが、とにかくおれは泣いたのだ。すると警部はまあまあというようにおれを制しながら、

「まあ、そう昂奮しないで。ここにいる金田一耕助氏は、君の考えているような人物じゃありませんよ。このひとはね、きょうはあなたにとって、非常に有利なことを報らせにきてくださったのですよ」

「嘘だ！」

と、おれは叫んだ。

「嘘だ、嘘だ、そんなことをいって、そいつらはおれをペテンにかけようというのだ」

「嘘なら嘘で結構ですがね、とにかく私のいうことを聞いてください」

　金田一耕助のやつ、長いもじゃもじゃ頭をかきまわしながら、にこにこ笑った。案外人なつっこい笑い顔だ。それからこんなことをいった。

「このあいだ、そう、あの事件のまえの晩のことでしたね。私が表から帰ってくると、あなたはお加代さんに呼ばれて、あの人の部屋へ入っていったでしょう」

「そ、そ、それがどうしたというんだ！」

　おれはまだむかっ腹がおさまらないで、そう怒鳴ってやった。

「まあまあ、そう昂奮せずに――さてあのとき、お加代さんの部屋は真っ暗だった。電気の故障だということだった、それで、その修繕にたのまれて、あなたはお加代さんの部屋へ入っていったのでしたね。あのとき私は、自分に少し電気の知識があるものだから、もしあなたの手にあまるようだったら手伝ってあげようと、部屋の外で待機していたんですよ。すると真っ暗な部屋のなかから、お加代さんのこういう声が聞こえた。湯浅さん、ちょっと、この電気の笠を持っていて――離しちゃ駄目よ、ほら、ここのはしを持って――お持ちになってて、ああ、やっぱりこっちへとっとくわ、危ないから。――ねえ、そうでしたね。あのとき、あなたは暗がりのなかで、お加代さんの差し出した電気の笠のはしを、ちょっとお持ちになったんじゃありませんか」

　そういえばそんなことがあった。

「しかし、そ、それがどうしたというんだ」

おれはなんとなく心が騒いだ。舌が思わずふるえた。

「つまりですね、問題はそのときの笠の形なんですがね、お加代さん、どうしたのか、ちかごろ馬鹿にでかい笠をつけたじゃありませんか。朝顔みたいにこっぽりしたやつで、縁が巾着の口みたいにひらひらしている……」

おれは突然ぎょくんとして跳び上がった、眼がくらんで、顎ががくがく痙攣した。

「君は――君は――なにをいうのだ。それじゃ――あのときお加代さんが電気の笠だといって、おれに握らせたのが――」

「つまり、金魚鉢だったんですよ」

おれはなにかいおうとした。しかし舌がまたサボタージュを起こして、一言も発することができないんだ。すると金田一耕助はにこにこしながら、

「湯浅さん、まあ、お聞きなさい。このことに私が気がついたのは、あなたのあの未完の傑作のおかげなんですよ。あなたはあの小説のなかに、お繁という女が、金魚鉢について、いかにモノメニヤ的な神経質さを持っているか、ということを書いていますね。ところが、お繁が殺された現場にある金魚鉢は、あなたがお書きになった位置よりも、約一尺、つまり金魚鉢の直径ほど、右によったところにあり、しかも、なかの水も半分ほどしかなかったんですよ。その水が赤く染まっているところから、犯人が金魚鉢で手を洗ったことはわかっていますが、手を洗うのに金魚鉢を動かす必要もなければ、また、

水が半分もへるわけがない。そこで私はこう考えたんです。犯人は第二の金魚鉢を持ってきて、もとからあった第一の金魚鉢のそばに置いた。そして第一の金魚鉢の中身を、第二の金魚鉢に移したが、そのときあわてていたので半分ほどこぼした——と、このことは、床の間のまえの畳が、じっとりとしめってるのでも想像ができるんです。だが、なぜそんなことをしたのか、——それはつまり、あなたの指紋を現場に残しておきたかったからですね。そこで、昨日警部さんに頼んで、あなたに、どこかほかで、金魚鉢にさわったことはないかと、訊ねてもらったんです。しかし、あなたはそんな記憶がないとおっしゃる。そこでふと思い出したのが、先日のあの電気の笠のエピソードなんですよ」

「それじゃ——それじゃあのお加代が——」

おれはいまにも泣きだしそうになった。あのお加代が——あのお加代が——ああ、なんちゅうことじゃ！

「そう、あのお加代と山名紅吉の二人がやったんですね。というよりも、お加代が紅吉を唆（そその）かしてやらせたんですよ。湯浅さん、人間を外貌から判断しちゃいけない。あのお加代という女は、年は若いが実に恐ろしいやつですよ。私がなぜあのアパートへ招かれていったと思います？　実は剣突剣十郎氏の依嘱をうけて、剣十郎氏のちかごろ悩まされている、正体不明の吐瀉（としゃ）事件を調査にいったんですよ。剣十郎氏はあきらかにある毒物を少量ずつ盛られていた。放っておけば、その毒物が体内につもりつもって、早晩命とりになるという恐ろしい事件です。私はちかごろやっと、その毒殺魔が姪のお加代であるという証拠を手に入れた、その矢先に起こったのがこんどの事件で、だから私ははじめからお加代に眼をつけていたんです。あいつは恐ろしい女ですよ。美しい顔の下に、蛇のような陰険さと貪婪さを持った女です。あいつまえから、お繁の金に眼をつけていたが、その矢先に、あなたの原稿を見たので、それからヒントを得て、ああいう恐ろしい計画をたて、山名紅吉を口説き落として仲間に引きずりこんだんです。つまりあなたが空想のうえで私にしようとしたことを、すなわち自分で殺して私に濡れ衣をきせようという、あの空想を、お加代は実際にやって、しかも罪を背負わされる犠牲者にあなたを選んだのです。どうです、わかりましたか」

「それじゃ――それじゃ、――お加代は自ら手をくだして、――お繁を殺したんですか」

「そう、半分――。半分というのはこうです。お繁は心臓をえぐられて死んでいたんですが、同時に咽喉のところに縊られた跡が残っていた。しかも、その跡は、心臓をつかれた後でも先でもないことがわかった。しかも心臓をえぐり殺したあとで、首を絞めるやつもありませんね。つまり、その跡は心臓をえぐると同時にできたものなんです。だから、これは一人の人間の仕業でないことが想像された。どんな器用な犯人でも、細紐で首を絞めながら、心臓をえぐるわけにいきませんからね。そういうことからも、共犯者のないあなたが犯人でないことがわかったし、同時にお加代と紅吉に眼をつけたというわけです。何しろ凄いやつですよ、お加代という女は――お繁の後ろからとびついて、細紐で首を絞め、そこを紅吉に突き殺させたというんですからね」

おれはもう口をきくのも大儀になったが、それでも突きとめるだけのことは突きとめておかねばならん。

「しかも、私に罪をきせるために、兇器として私の短刀を用いたんですね。そして私の寝間着に血をつけて……」

「そうです、そうです。あの短刀は二、三日前にお加代があなたの部屋から盗み出したもので、また、寝間着の血は、あなたが学校へいったあとで、お加代が自分の体からしぼりとった血をなすりつけておいたんです。利口なやつで、あの寝間着が発見されるのは、ずっとあとのことになり、それまでには血が乾いているだろうことを知っていたし、また、お繁が、自分と同じ血液型だということを、隣組の防空やなんかでちゃんと知っていたんですね」

おれは悲しいやら、恐ろしいやら、わけがわからん複雑な気持ちで、しいんと黙りこんでいたが、するとふいに金田一耕助が、にこにこ笑いながら、こんなことをいった。

「どうです、湯浅さん、あなたはこれでもまだ蝙蝠が嫌いですか」

正直のところ、おれはちかごろ蝙蝠が大好きだ。夏の夕方など、ひらひら飛んでいるのは、なかなか風情のあるものである。

それに第一、蝙蝠は益鳥である。

解　説

中島河太郎

作家にはそれぞれ題名に好みがある。抽象的な硬い漢字を並べたがるひともあれば、長々とした活用形を付けなければ収まらぬひともある。だから文字にも好みが現われるのは当然であろう。

著者が長篇「悪魔が来りて笛を吹く」を書かれてから、「悪魔」を頻に用いられたことに気付いた読者は多いにちがいない。「悪魔の画像」、「花園の悪魔」、「悪魔の手毬唄」、「悪魔の降誕祭」、「悪魔の寵児」が続いているのだが、著者はまた「蠟」の字面が好みのようである。

「蠟人」をはじめとして、「白蠟変化」(別題「白蠟怪」)、「猫と蠟人形」、「白蠟少年」、「蠟の首」、「白蠟仮面」、「蠟面博士」、「蠟美人」などがあるからだ。

こんな閑談を試みたのは、本書の題名に似た「神の矢」を思い出したからである。著者が「本陣殺人事件」と「蝶々殺人事件」を並行して執筆し、もっとも昂揚しておられた昭和二十一年に、この作品を書かれた。たしか探偵作家クラブの会報で知り、私の拵えた目録には九月から連載で、完結月は不明になっている。発表誌の「むつび」という雑誌は不案内だが、昨年発表された「桜日記」の九月二十四日の項に、「神の矢　四十三枚（半ペラ）むつび。」とあるだけだから、短篇かもしれない。

それと同じ題で、探偵雑誌「ロック」に連載が始まったので、「むつび」のが未完に終わったのを改めて完結させようという意気込みかと思った。ところがこの雑誌も末期症状を呈していて、二回だけで廃刊となり読者を失望させた。そのモチーフは後の作品に生かされたはずだが、著者は自分の発想を大事にして、気に入るまで書き改めずにおれぬ性分である。

題名だけの話に限れば、矢の使われたのに「毒の矢」、「死神の矢」、捕物に「三本の矢」、「白羽の矢」、「恋の通し矢」、「当り矢」などがあるが、「死神の矢」は中絶長篇「神の矢」とは係わりがない。かえって著者がしばしば試みている長篇化の一つであった。

昭和三十一年三月の「面白倶楽部」に発表され、三十六年四月に書き下し長篇として改稿されたもので、動機や犯行方法が風変わりで、さすがの金田一耕助もはじめは快刀乱麻を断つわけにはいかぬ奇妙な事件が扱われている。

この物語は冒頭から、奇抜な婿選びの方法が提示される。なに一つ不足のない博士令嬢に、熱烈な三人の求婚者があるので、弓勢くらべをさせて、見事的に命中させたものと結婚させようというのだ。

こんなアナクロニズムを罷り通らせているのは、父親の博士自身が「専制君主、絶対的独裁者、断じて他の容喙をゆるさざる古館一家のボス」だからで、令嬢も「パパったら、いい出したらあとへひかないひとなんですもの」と、匙を投げてしまっているからである。

博士はずいぶん体が大きく、五尺八寸を越える身長、二十貫に近い体重の持主で、かつてラグビーの選手だったという引き緊まった頑健な体軀、それに野性があふれていた。

それに古今東西の珍しい弓の蒐集家というので、戦時下の著者をよろこばせたカーの作中人物を連想させるものがある。カーの探偵役にフェル博士やH・メリヴェル卿があるが、どちらも容貌魁偉、もてあますほどの肥満体で、奇矯な言動で知られているが、その点でも古館博士に相通ずるものがある。

金田一耕助はこの一風変わった碩学と、ある事件の解決に協力して以来、親交を結び、家庭に親しく出入りするほどの仲であったが、といってなかなか博士の真意はつかめるものではない。博士は令嬢の母親である夫人を深く愛して、令嬢の七歳のとき、夫人が亡くなってから再びめとらなかったほどである。むろん、その忘れがたみの令嬢をいつくしんでいるのだが、それにしても三人とも、揃いも揃って道楽息子で、品性もそなわっていそうもない人物を、花婿候補者として認めたのだから、博士の心情は不可解であった。しかも愛弟子が令嬢に思慕の念を抱き、愛嬢もそれに応える気持のあることを察しているはずである。

さて婿選びの方法だが、海上に浮べた浮標の中心に、トランプのハートのクイーンが貼りつけてあって、それを五十メートルほど離れたヨットから、弓を引いて矢を命中させなければならない。

　命中者はいないだろうという予想を裏切って、見事的をしとめたものがいた。それだけでも驚くべきことだったのに、婿候補の一人で失格した者が、その日、用いた矢に突き殺された死体となって発見されたのだ。栄冠獲得者が嫉まれて殺害されたというなら常套だが、敗残者が屠られた上に、金田一もその建物にいる目先で起こった事件なのである。

　関係者のアリバイ調べ、証言から、被害者を脅迫した人物の存在が分ったが、その消息はつかめず、いたずらに金田一を焦燥に追いこんだまま、ひと月たってしまった。

　第二の事件でも、候補者でもう一人の失格者が、やはり自分の用いた矢で刺し殺されている。容易に犯人があがらないので、的中させて花婿の資格を得た青年は、間もなく義父になる博士に向かって、金田一を誹っている。ほんとにえらい名探偵なら、なんとか片付けそうなものなのに、ふらふらとそこらじゅうをほっついているばかりではないかという。

　それに答えて、金田一はすでに事件の真相に気づいているのではないか、犯人を知っていても、あらゆる証拠がそろわない限り手をくださないのが、彼のやりかただと、さすがに博士は知己の言をはいている。

　第三の事件が勃発して、一瀉千里に片づくのだが、真相の裏にもう一つの真相が控えているのはおもしろい。金田一がなまじ、博士一家と親しく、それぞれが胸中深く秘めているものがあるので、「靴をへだてて痒きを掻くような、妙ないらだたしさ」を感ぜずにはおれないのである。

それぞれの思惑が働いているために、錯綜した謎の様相を呈することとなったが、ともかく綿々たる愛情と呵責のない復讐の物語であった。新ユリシーズを気取った時代離れのした婿選びに唖然としていると、迂遠な学者の遊戯と思われたものが、俄然一変して連続した惨劇へと展開する。登場人物がめいめいの役割を演じているだけに、やはり金田一は第三者であり、局外者であって、「孤独」を噛みしめなければならぬのかもしれない。

「蝙蝠と蛞蝓」は一風変わったスタイルである。一人称で書かれていて、筆者はアパートに住む学生で、他人のことを気に病みすぎる性癖だ。この主人公のもっとも憎んでいるのは、同じアパートの住人で、小柄で貧相、昼は寝そべっていて、夜になるとふらふら出かけていく蝙蝠男と、それに隣家の髪も結わずに、のろのろしている蛞蝓女史である。

彼は鬱憤をはらすために、小説の執筆を思いついた。自分が蛞蝓女を殺して、蝙蝠男に罪をきせる話で、この一石二鳥が成功したら、さぞ溜飲がさがるにちがいない。

ところが現実に蛞蝓女が殺され、主人公に真向から嫌疑がふりかかった。証拠の品もあれば、おまけに殺人動機を書いた小説の草稿まで、当局におさえられている。主人公に忌み嫌われた蝙蝠男というのが、金田一耕助なのだから、読者にとっては愉快な発見であった。金田一を第三者に仕立てて、いわば裏側から謎を解いてみせる手法が効果的である。数多い金田一探偵譚のなかでも、ユニークな一篇で忘れ難い味わいがある。

本書は、昭和五十一年五月に小社より刊行した文庫を改版したものです。なお本文中には、乞食、カタワ、発狂、妾など、今日の人権擁護の見地に照らして、不適切と思われる語句や表現がありますが、作品全体として差別を助長するものではなく、また、著者が故人である点も考慮して、原文のままとしました。

（編集部）

死神の矢

横溝正史

昭和51年 5月20日 初版発行
令和4年 2月25日 改版初版発行
令和6年 12月10日 改版再版発行

発行者●山下直久

発行●株式会社KADOKAWA
〒102-8177 東京都千代田区富士見2-13-3
電話 0570-002-301(ナビダイヤル)

角川文庫 23051

印刷所●株式会社KADOKAWA
製本所●株式会社KADOKAWA

表紙画●和田三造

●お問い合わせ
https://www.kadokawa.co.jp/(「お問い合わせ」へお進みください)
※内容によっては、お答えできない場合があります。
※サポートは日本国内のみとさせていただきます。
※Japanese text only

ISBN 978-4-04-112354-6 C0193

角川文庫発刊に際して

角川源義

第二次世界大戦の敗北は、軍事力の敗北であった以上に、私たちの若い文化力の敗退であった。私たちの文化が戦争に対して如何に無力であり、単なるあだ花に過ぎなかったかを、私たちは身を以て体験し痛感した。西洋近代文化の摂取にとって、明治以後八十年の歳月は決して短かすぎたとは言えない。にもかかわらず、近代文化の伝統を確立し、自由な批判と柔軟な良識に富む文化層として自らを形成することに私たちは失敗して来た。そしてこれは、各層への文化の普及滲透を任務とする出版人の責任でもあった。

一九四五年以来、私たちは再び振出しに戻り、第一歩から踏み出すことを余儀なくされた。これは大きな不幸ではあるが、反面、これまでの混沌・未熟・歪曲の中にあった我が国の文化に秩序と確たる基礎を齎らすためには絶好の機会でもある。角川書店は、このような祖国の文化的危機にあたり、微力をも顧みず再建の礎石たるべき抱負と決意とをもって出発したが、ここに創立以来の念願を果すべく角川文庫を発刊する。これまで刊行されたあらゆる全集叢書文庫類の長所と短所とを検討し、古今東西の不朽の典籍を、良心的編集のもとに、廉価に、そして書架にふさわしい美本として、多くのひとびとに提供しようとする。しかし私たちは徒らに百科全書的な知識のジレッタントを作ることを目的とせず、あくまで祖国の文化に秩序と再建への道を示し、この文庫を角川書店の栄ある事業として、今後永久に継続発展せしめ、学芸と教養との殿堂として大成せんことを期したい。多くの読書子の愛情ある忠言と支持とによって、この希望と抱負とを完遂せしめられんことを願う。

一九四九年五月三日

角川文庫ベストセラー

八つ墓村
金田一耕助ファイル1
横溝正史

鳥取と岡山の県境の村、かつて戦国の頃、三千両を携えた八人の武士がこの村に落ちのびた。欲に目が眩んだ村人たちは八人を惨殺。以来この村は八つ墓村と呼ばれ、怪異があいついだ……。

本陣殺人事件
金田一耕助ファイル2
横溝正史

一柳家の当主賢蔵の婚礼を終えた深夜、人々は悲鳴と琴の音を聞いた。新床に血まみれの新郎新婦。枕元には、家宝の名琴〝おしどり〟が……。密室トリックに挑み、第一回探偵作家クラブ賞を受賞した名作。

獄門島
金田一耕助ファイル3
横溝正史

瀬戸内海に浮かぶ獄門島。南北朝の時代、海賊が基地としていたこの島に、悪夢のような連続殺人事件が起こった。金田一耕助に託された遺言が及ぼす波紋とは？　芭蕉の俳句が殺人を暗示する⁉

悪魔が来りて笛を吹く
金田一耕助ファイル4
横溝正史

毒殺事件の容疑者椿元子爵が失踪して以来、椿家に次々と惨劇が起こる。自殺他殺を交え七人の命が奪われた。悪魔の吹く嫋々たるフルートの音色を背景に、妖異な雰囲気とサスペンス！

犬神家の一族
金田一耕助ファイル5
横溝正史

信州財界一の巨頭、犬神財閥の創始者犬神佐兵衛は、血で血を洗う葛藤を予期したかのような条件を課した遺言状を残して他界した。血の系譜をめぐるスリルとサスペンスにみちた長編推理。

角川文庫ベストセラー

角川文庫ベストセラー

金田一耕助ファイル16
悪魔の百唇譜
横溝正史

金田一耕助ファイル17
仮面舞踏会
横溝正史

金田一耕助ファイル18
白と黒
横溝正史

金田一耕助ファイル19
悪霊島（上）（下）
横溝正史

金田一耕助ファイル20
病院坂の首縊りの家（上）（下）
横溝正史

若い女と少年の死体が相次いで車のトランクから発見された。この連続殺人が未解決の男性歌手殺害事件の秘密に関連があるのを知った時、名探偵金田一耕助は激しい興奮に取りつかれた……。

夏の軽井沢に殺人事件が起きた。被害者は映画女優・鳳三千代の三番目の夫。傍にマッチ棒が楔形文字のように折れて並んでいた。軽井沢に来ていた金田一耕助が早速解明に乗りだしたが……。

平和そのものに見えた団地内に突如、怪文書が横行し始めた。プライバシーを暴露した陰険な内容に人々は戦慄！　金田一耕助が近代的な団地を舞台に活躍。新境地を開く野心作。

あの島には悪霊がとりついている——額から血膿の吹き出した凄まじい形相の男は、そう呟いて息絶えた。尋ね人の仕事で岡山へ来た金田一耕助。絶海の孤島を舞台に妖美な世界を構築！

〈病院坂〉と呼ぶほど隆盛を極めた大病院は、昔薄幸の女が縊死した屋敷跡にあった。天井にぶら下がる男の生首……二十年を経て、迷宮入りした事件を、等々力警部と金田一耕助が執念で解明する！

角川文庫ベストセラー

双生児は囁く　横溝正史

「人魚の涙」と呼ばれる真珠の首飾りが、檻の中に入れられデパートで展示されていた。ところがその番をしていた男が殺されてしまう。横溝正史が遺した文庫未収録作品を集めた短編集。

悪魔の降誕祭　横溝正史

金田一耕助の探偵事務所で起きた殺人事件。被害者はその日電話をしてきた依頼人だった。しかも日めくりのカレンダーが何者かにむしられ、12月25日にされていて――。本格ミステリの最高傑作！

殺人鬼　横溝正史

ある夫婦を付けねらっていた奇妙な男がいた。彼の挙動が気になった私は、その夫婦の家を見張った。だが、数日後、その夫婦の夫が何者かに殺されてしまった！　表題作ほか三編を収録した傑作短篇集！

喘ぎ泣く死美人　横溝正史

当時の交友関係をベースにした物語「素敵なステッキの話」。外国を舞台とした怪奇小説の「夜読むべからず」や「喘ぎ泣く死美人」など、ファン待望の文庫未収録作品を一挙掲載！

髑髏検校　横溝正史

江戸時代。豊漁ににぎわう房州白浜で、一頭の鯨の腹からフラスコに入った長い書状が出てきた。これこそ、後に江戸中を恐怖のどん底に陥れた、あの怪事件の前触れであった……横溝初期のあやかし時代小説！

角川文庫ベストセラー

蝶々殺人事件　横溝正史

スキャンダルをまき散らし、プリマドンナとして君臨していたさくらが「蝶々夫人」大阪公演を前に突然、姿を消した。死体は薔薇と砂と共にコントラバス・ケースから発見され――。由利麟太郎シリーズの第一弾！

憑かれた女　横溝正史

自称探偵小説家に伴われ、エマ子は不気味な洋館の中へ入った。暖炉の中には、黒煙をあげてくすぶり続ける一本の腕が……！　名探偵由利先生と敏腕事件記者三津木俊助が、鮮やかな推理を展開する表題作他二篇。

血蝙蝠　横溝正史

肝試しに荒れ果てた屋敷に向かった女性は、かつて人殺しがあった部屋で生乾きの血で描いた蝙蝠の絵を発見する。その後も女性の周囲に現れる蝙蝠のサイン――。名探偵・由利麟太郎が謎を追う、傑作短編集。

花髑髏　横溝正史

名探偵由利先生のもとに突然舞いこんだ差出人不明の手紙、それは恐ろしい殺人事件の予告だった。指定の場所へ急行した彼は、箱の裂目から鮮血を滴らせた黒塗りの大きな長持を目の当たりにするが……。

丹夫人の化粧台　横溝正史怪奇探偵小説傑作選　横溝正史　編／日下三蔵

美貌の丹夫人を巡る決闘に敗れた初山は、「丹夫人の化粧台に気をつけろ」という言葉を残してこと切れる。勝者の高見は、丹夫人の化粧台の秘密を探り、恐るべき真相に辿り着き――。表題作他13篇を所収。

角川文庫ベストセラー